The Children Act

Ian McEwan

未成年

イアン・マキューアン

村松 潔 訳

CREST BOOKS

Shinchosha

レイ・ドランへ

Illustration by Akitaka Ito
Design by Shinchosha Book Design Division

未成年

裁判所が児童の養育に関する……決定を下す場合……
児童の福祉が法廷による最重要の配慮事項でなければならない。
――児童法（一九八九年）第一条A項

1

ロンドン。三学期《トリニティ・ターム》がはじまって一週間。陰鬱な六月の天気。高等法院の裁判官、フィオーナ・メイは日曜日の夜、寝椅子に仰向けに横たわって、ストッキングに包まれた両足越しに部屋の奥を眺めていた。暖炉わきの壁に埋めこまれた書棚の一部が見える。片側の高い窓のそばには、ルノワールの水浴する女の小さなリトグラフ。三十年前に五十ポンドで買ったのだが、たぶん贋作だろう。その下の、クルミ材の円テーブルの中央には青い花瓶。どうやって手に入れたのか、最後に花を活けたのがいつだったのかも思い出せない。暖炉はここ一年ほど火を入れていなかった。黒ずんだ雨垂れが不規則に火床に落ちて、黄ばみかけている丸めた新聞紙にカサコソ音を立てている。光沢のある広い床にはブハラ絨毯。視界の端にぼんやりとベビー・グランドピアノが見え、その漆黒の輝きの上には銀製のフレーム入りの家族写真が並んでいる。寝椅子のそばの床の上、手の届く場所には判決文の草稿。フィオーナは仰向けに寝そべりながら、そういうすべてを海の底に投げこんでしまいたいと思っていた。

彼女の手のなかにあるのは二杯目のスコッチの水割りだった。夫との不愉快なやりとりからまだ完全には立ち直れず、ひどく気分が悪かった。めったに酒は飲まなかったが、水道水で割ったこのタリスカーは鎮痛剤みたいなもので、部屋を横切ってサイドボードに三杯目を注ぎにいこうかと思っていた。こんどはスコッチを減らして、水を増やそう。というのも、あしたは法廷に出なければならないし、彼女は目下当番判事だったので、たとえ横になって休んでいるときでも、どんな突然の問い合わせにも応じなければならなかったからである。夫はショッキングな宣言をして、彼女に信じられないような精神的重圧を課した。長い年月のうちで初めて、彼女は実際に大声を出し、そのかすかな残響が依然として耳のなかに残っていた。「そんなばかな! なんてばかなことを言いだすの!」屈託のない十代にニューカッスルに行ったとき以来、大声で悪態をついたことは一度もなかったのに。もちろん、ときには、身勝手な証言や筋違いな法律解釈を聞かされると、強い言葉が頭に浮かぶことはあったけれど。

しかも、それから、たいして間を置かずに、憤怒のあまりゼイゼイする声で、彼女は大声で少なくとも二度言った。「どうしてそんなことが言えるのよ!」

それは実際には質問ではなかったが、彼は平然としてそれに答えた。「わたしにはこれが必要なんだ。わたしは五十九だ。これが最後のチャンスなんだ。いまのところはまだわたしが老境に入ったという証言は聞いていないからね」

じつにうぬぼれた言い草であり、何と答えていいのかわからなかった。だから、ぐっと顔をにらみつけただけだった。ひょっとすると、あんぐり口をあけたままだったかもしれない。完璧な答えはいつもあとからやってくるが、寝椅子に横たわっているいまになって、それが頭に浮かんだ。「五十九ですって？　ジャック、あなたは六十じゃない！　じつに情けない話ね。あまりにも陳腐で」

　しかし、実際に彼女が、ぎごちない口調で、言ったのは、「あまりにもばかげているわ」だった。

「フィオーナ、わたしたちが最後に寝たのはいつだったと思う？」

　いつだったのだろう？　彼は前にも訊いてきたことがあった。哀れっぽく、ときにはいかにも不満げに。しかし、過密なスケジュールに追いまわされている最近のことを思い出すのはむずかしかった。高等法院[*]家事部には奇妙な争いや手前勝手な議論、内側からだけ見た真実や奇抜な批判があふれている。そして、司法のどんな部門でもそうだが、個々の事案の微妙な特徴をすばやく把握しておく必要があった。先週、彼女は離婚しようとしているユダヤ人夫婦からの最終申立てを聞かなければならなかった。この両者は信仰の度合いの異なるユダヤ教正統派で、娘たちの養育権を争っているのだが、そばの床に置かれているのがその判決文の最終草稿だった。それから、やはりあした、彼女の法廷にやってくることになっているのが絶望に打ちひしがれたイギリス人女性だった。窶《やつ》れた、蒼白い、教養のあるこの女性は、五歳になる少女の母親だったが、モ

＊高等法院は女王座部、大法官部（衡平法部）、家事部の三部から成り、かつては最高法院の一部門だったが、二〇〇五年の憲法改革法によって、あらたに連合王国最高裁判所が設けられたため、最高法院はイングランド・ウェールズ高等裁判所と改称され、現在はその一部になっている。重要事件の第一審の管轄権をもつほか、下位の裁判所に対する監督権がある。

ロッコ人実業家で厳格なイスラム教徒である父親――ラバトに移住して、新生活をはじめるつもりでいる――が、裁判所にはそんなことはしないと確約しているにもかかわらず、娘を裁判権の及ばない場所に連れ去ろうとしていると信じこんでいた。そのほかにも、こどもの居住地、住宅、養育費、収入、相続などに関する相も変わらぬ諍《いさか》いがある。高等法院にやってくるのは比較的裕福な人々だったが、ほとんどの場合、豊かさは幸福を増大させる結果にはなっていなかった。親たちはたちまち新しい語彙や法律上の手続きを学び取り、自分たちがかつては愛していた相手と激しい戦闘状態にあることを悟って呆然とする。そして、舞台の袖で待たされている、法廷の文書ではファーストネームで呼ばれる少年少女たち、幼いベンやセーラたちがはらはらしながら身を寄せ合っているのを尻目に、神々はその頭上で州裁判所から高等法院、さらには控訴院まであくまでも戦いつづけるのだ。

こういう悲しい事態にはすべてに共通のテーマがあり、おなじように人間的なところがあって、彼女はそれに興味をそそられていた。そして、どうしようもない状況に自分がそれなりの道理をもたらしていると信じていた。全体としては、彼女は家族法の条文を信じており、楽観的な気分のときには、それは文明の発達のなかの意義深い指標だと思えた。こどもにとって必要なことを両親のそれの上に置くことを法律で定めているのだから。昼間は予定がぎっしり詰まっていたし、夜は夜で、最近では、さまざまな会食があった。退職する同僚のためのミドル・テンプル法曹院での会、キングズ・プレイスでのコンサート(シューベルトとスクリャービン)、タクシーと地下鉄を乗り継いで、クリーニング店に洗濯物を取りにいき、お掃除の女性の自閉症の息子のために養護学校に関する手紙を書いて、それからようやく眠りに就く。どこにセックスを入れる余地があるだろう？　その瞬間には、彼女は思い出せなかった。

「記録を付けているわけじゃないわ」

彼は両手をひろげ、その話はそこまでになった。

見ていると、彼は部屋を横切って、自分のためにスコッチを注いだ。いま彼女が飲んでいるのとおなじタリスカーである。このところ、彼は背が高くなったように見え、動きも軽やかになったようだった。彼が背中を向けているあいだに、冷たい拒絶の予感が胸をよぎった。若い女のために捨てられ、無用で孤独な存在としてあとに残される屈辱感。彼が望むことにはなんであれ同意すべきなのだろうか、とも思ったが、そんな考えはすぐに退けた。

彼はグラスを手にして、彼女のそばに戻ってきたが、いつもこの時刻になるとするように、サンセールを一杯どうかとは訊かなかった。

「あなたはどうしたいの、ジャック？」

「わたしは彼女と関係をもつつもりだ」

「離婚したいということ？」

「いや。すべていままでどおりにしたい。嘘やごまかしはなしに」

「理解できないわ」

「いや、そんなことはない。きみはむかし、長年結婚している夫婦は肉親みたいな関係になることを願うものだと言っていたじゃないか。わたしたちはそうなったんだ、フィオーナ。わたしはきみの兄弟みたいなものだ。居心地がいいし、気持ちがいいし、わたしはきみを愛している。しかし、死ぬ前に一度情熱的な関係をもちたいんだ」

彼女は驚いて息を呑んだ。彼はそれを笑った——たぶん嘲笑した——ものと勘違いして、荒っぽい言い方をした。「エクスタシー、ほとんど意識を失うほどの興奮。覚えているかい？　わたしは最後にもう一度味わいたい。たとえきみはそうは思っていないとしても。それとも、きみにもそういう気持ちがあるのかい？」

彼女は信じられないという目で彼を見つめた。

「まあ、そういうことなんだ」

そのときになって、彼女はようやく声が出せるようになり、なんとばかげたことを言うものかと言った。世間一般で何が正しいとされているか、彼女はよくわかっているつもりだった。少なくとも彼女が知っているかぎり、彼は一度も浮気したことがなかったが、それだけにこの提案にはなおさら腹が立った。そうではなくて、彼が過去にも浮気したことがあったのだとすれば、じつに巧みにやり遂げたことになる。相手の女の名前はすでにわかっていた。メラニー。致命的な皮膚ガン《メラノーマ》の名前とたいして違わない。その二十八歳の統計学者との情事によって自分の存在が消し去られるかもしれないことを彼女は知っていた。

「そんなことをするなら、わたしたちのあいだは終わりよ。ただそれだけのことだわ」

「それは脅しかい？」

「わたしの厳粛な約束よ」

そのころには、彼女は冷静さを取り戻していた。実際、それはごく単純なことに思われた。ひらかれた結婚《オープン・マリッジ》を提案するなら、結婚前にすべきであって、三十五年経ってからすべきではなかった。もう一度束の間の官能的な興奮を味わいたいがために、ふたりが築いてきたすべてを危険にさらすなんて！　自分自身もおなじようなことをしたいと思った場合を想像してみても――彼女の〝最後の浮気〟は最初の浮気になるはずだが――、思い浮かぶのは決裂、密会、幻滅、間の悪い電話くらいでしかなかった。新しい相手とベッドに入ったり、あらたな愛の言葉を考え出したり、いろんなごまかし方を学んだりする面倒さ。最後には、もつれを解《ほぐ》さなければならないし、オープンかつ誠実になるための努力が必要になるだろう。しかも、相手と別れたあとも、なにひとつもとには戻らないにちがいない。いや、彼女は不完全な生活を、いまあるこの生活を選ぶだろう。

しかし、寝椅子に横たわっていると、それがどんなに侮辱的なことかがはっきりしてきた。自分の快楽のためにどこまで彼女のみじめさを代償にするつもりなのだろう。なんと冷酷なやり方か。これまでにも彼がほかの人たちを犠牲にして一途に突き進むのを見てきてはいたが、たいていは立派な目的のためだった。いままではこんなことはなかった。何が変わったのだろう？　シングル・モルトを注いだとき、彼は両足をひろげて、まっすぐに立っていた。空いている片手の指先が頭のなかの曲に合わせて動いていた。たぶん、ほかのだれかといっしょに聴いた曲だろう。彼はいつもやさしかった。忠実でやさしかった。そして、家事部で毎日のように証明されていることだが、やさしさこそがいちばん大切な人間的要素なのである。彼女はやさしくない親からこどもを引き離す権限をもっており、ときにはそれを行使した。だが、やさしくない夫から自分を引き離すのは？　自分が弱気になり、みじめな気分になっているときに？　彼女を保護してくれる裁判官はどこにいるのか？

他人が自己憐憫を抱いているのを見ると、彼女は当惑せずにはいられなかったし、そういうものにいま身を任せるつもりはなかった。その代わり、三杯目のお代わりをしようと思った。ほんのすこしだけ注ぎ、たくさん水を加えて、寝椅子に戻った。そうだった。先刻のやりとりはメモを取っておくべきだった。大切なのは忘れないようにすること、侮辱の度合いを正確に測ることだ。彼がそんなことをするのなら、結婚生活に終止符を打つつもりだと脅したとき、彼はただおなじことを繰り返した。もう一度、彼女を愛している、これからもずっと愛しつづけると言い、ほかの人生はありえないが、性的欲求が満たされないために自分は非常に不幸であり、いまここにひとつのチャンスがあるので、彼女に知らせたうえで、できれば、同意を得て試みたいというのだった。彼がこんなことを話すのはオープンであるべきだという精神からで、その気になれば、〝彼女の背後で〟やることもできたのだという。彼女の痩せた、人を容赦しない背中の背後で。

「そう」と彼女はつぶやいた。「それはご親切さま、ジャック」

「そうさ、実際のところ」と彼は言いかけたが、最後までは言わなかった。

関係はすでにはじまっていると言いかけたのだろうが、そんなことは聞きたくなかったし、その必要もなかった。見ればわかる。憤懣を鬱積させる妻のもとへ男が戻っていく確率の下がり方を調査しているかわいい統計学者。日の当たる朝、見馴れないバスルームが目に浮かんだ。まだそれなりに筋肉のあるジャックが、あのせっかちなやりかたで、半分ボタンのかかった清潔な麻のワイシャツを頭から脱ごうとしている。脱ぎ捨てて放り投げられたシャツが洗濯かごに片腕だけ引っかかり、それから床にずり落ちる。地獄行き。フィオーナが同意しようがしまいが、そうなるほかないだろう。

「答えはノーよ」彼女は冷酷無情な女教師みたいに、語尾を上げる口調で言った。それから、さらにつづけた。「ほかにどんな答えを期待していたの？」

彼女は無力感にとらわれ、会話が終わってほしいと思っていた。あしたまでに目を通しておかなければならない判決文があり、これは『家族法リポート』誌に掲載されるはずだった。ふたりのユダヤ人女生徒の運命はすでに彼女によって決定されていたが、控訴されても対抗できるものにするためには、文章に磨きをかけ、信仰心に十分敬意を払った文面にする必要があった。外では、夏の雨が窓をたたいていた。遠くから、グレイズ・イン・スクエアの向こうから、濡れたアスファルトを切り裂くシューッというタイヤの音が聞こえた。彼は彼女を捨てて出ていき、世界はまわりつづけるだろう。

彼はこわばった顔をして肩をすくめ、後ろを向いて部屋を出ていこうとした。ドアから出ていく彼の背中が見えたとき、彼女はぞっとする恐怖を感じた。無視されるのが怖くなければ、呼び止めようとしただろう。だが、何と言えばいいのか？ わたしを抱いて、キスして、その娘と寝なさいとでも？ 廊下を遠ざかる足音が聞こえ、ベッドルームのドアがぴたりと閉じられ、そのあとはフラットは静寂に包まれた。静寂と、ひと月前から止まない雨の音に。

まず事実から。両当事者とも、ロンドン北部の厳格に戒律を守る超正統派《ハレーディー》ユダヤ教共同体の結束の固い信者集団の出身である。バーンスタイン夫妻の結婚は両親によって整えられたが、異議が出る可能性は想定されなかった。強制されたのではなく、整えられた結婚だったという点では、両者の主張はめずらしく一致していた。十三年後、調停機関も、ソーシャル・ワーカーも、判事も含めて全員が、この結婚がもはや修復不可能であることを認め、夫婦は現在別居している。両者は苦労しながらもふたりのこども、レイチェルとノラの面倒をみてきた。娘たちは母親といっしょに暮らしているが、父親ともかなり接触を保っている。結婚生活が破綻しはじめたのは初期のころからだった。次女の出産が難産になり、大がかりな手術をした結果、母親はもはや妊娠が不可能になった。父親は大家族を築くのが望みだったため、苦痛に満ちた破綻がはじまった。彼女はしばらくの（長期間だと父親は言い、短期間だと母親は言う）鬱状態のあと、通信制大学で学んで、きちんとした資格を取り、下のこどもが学校に通うようになると、小学校教師の仕事をはじめた。これは父親や親類の多くには気にいられなかった。何世紀にもわたって伝統を厳守してきた超正統派ユダヤ教徒のあいだでは、女はこども——多ければ多いほどよい——を育て、家を切り盛りするものだとされ、大学の学位を取ったり、職業をもったりするのはきわめて例外的である。父親側の証人として呼ばれた、共同体の高い地位にある長老が、そのとおりであることを証言した。

男もたいした教育は受けない。十代の中頃から、時間の大半を使って律法《トーラー》を学ぶことを求められ、ふつうは大学に進学することはない。それもあって、多くの超正統派信者は資力に乏しいが、バーンスタイン夫妻はそうではない。もっとも、弁護士費用を清算したあとは、彼らもそうなるにちがいないけれど。オリーブの種を抜く機械の特許の一部をもつ祖父母が共同で夫婦に資金を提供し、夫婦は全財産をそれぞれの勅選弁護士——どちらの女性弁護士も判事にはよく知られている——に投じるように求められていた。表面的には、争われていたのはレイチェルとノラの教育だったが、じつは、これは少女たちが成長する環境そのものの問題であり、彼女たちの魂に関わる紛争だった。

超正統派の少年少女は純粋さを保つため別々に教育される。流行の服やテレビやインターネットは禁止され、そういう娯楽を許されているこどもたちとの交際も禁じられており、厳格な食事規定《コーシャ》を守らない家庭には立ち入りが禁止されている。日常生活のすべての側面について確立された規則がある。問題が生じたのは母親が、ユダヤ教を捨てたわけではないが、共同体との関係を断ったからだった。父親の反対にもかかわらず、彼女はすでにテレビやポップ・ミュージック、インターネットや非ユダヤ人のこどもとの交流が許されている男女共学の学校に娘たちを通わせていた。彼女は娘たちが十六歳以降も学校に残り、本人たちが望むなら大学にも行かせたいと考えている。彼女が意見陳述書のなかで言っていることは、ほかの人々がどんなふうに暮らしているかを娘たちがもっとよく知り、社会的に寛容になって、自分には与えられなかった仕事につく機会を与えられ、経済的に自立できる大人になること、彼女の夫のように、トーラーを学ぶことと週八時間無給でそれを教えることにすべての時間を費やすのではなく、一家を養う助けになる職業的能力をもつ相手と巡り合うチャンスを与えられることだった。

そういうごく穏当な主張をしていたにもかかわらず、ジュディス・バーンスタイン——骨張った蒼白い顔に、被り物をしていない赤毛の縮れ毛を大きな青いクラスプでまとめている——は、法廷ではすこしもゆったりとした態度ではなかった。ソバカスのある指をせわしなく動かして、絶えずメモを前の席の弁護士に渡したり、夫側の弁護士が発言するたびに、無言で大きなため息をついたり、目をぐるりとまわしたり、口を尖らせたりした。大きすぎるラクダ革のハンドバッグを場所柄も弁えずにガサゴソ掻きまわし、小刻みに揺らしていたかと思うと、長い午後の審議がだれ気味になると、そこから——夫の目には挑発的に映ったにちがいないが——煙草とライターを取り出し、テーブルに並べて、閉廷後すぐに吸えるように準備した。フィオーナは裁判官席の高みからそういうすべてを見て取ったが、見なかったふりをした。

ミスター・バーンスタインが意見陳述書のなかで裁判官に認めさせようとしたのは、妻が利己的な女であり、〝怒りをコントロールできないという問題〟(家事部ではありふれた、しばしば相互的な、非難の理由である)を抱えており、結婚時の誓いに背を向けて、彼の両親や共同体に異議をとなえ、娘たちをその両者から切り離そうとしているということだった。それに対してジュディスが証言台から反論したところによれば、ソーシャル・メディアを含めて、彼女たちが近代的な社会と縁を切り、正しい暮らし方に戻って、彼らの言うコーシャな家庭を営むようにならないかぎり、彼女やこどもたちと会うことを拒否しているのは義理の両親のほうだということだった。

ミスター・ジュリアン・バーンスタインは、赤子モーゼを隠した葦《あし》みたいにひょろりと背が高く、それを弁解するかのように背をまるめて、法廷書類の上にかがみこんでいた。妻について、彼女は自分の必要性をこどもたちのそれから切り離すことができない人間なのだ、と弁護士が非難しているあいだ、彼は耳の前に垂らした髪を不機嫌そうに揺らしていた。こどもたちが必要としていると彼女が主張していることは、彼女が自分自身のために望んでいることにすぎず、彼女は娘たちを慣れ親しんだ、温かく安全な環境からむりやり引き離そうとしている。規律正しく愛情あふれるこの共同体では、あらゆる物事に対する規則やしきたりが定められており、そのアイデンティティは明確で、そこに属する人たちは一般に外側の世俗的な大量消費社会——精神生活を嘲笑し、マスコミ文化が少女や女性たちを貶めている社会――の人々より幸福で満ち足りている。妻の望みは軽薄で、やり方は不作法であり、破壊的でさえある。彼女はこどもたちよりも自分自身をはるかに愛しているのだ、と弁護士は主張した。

それに対して、ジュディスはしゃがれ声で反論した。然るべき教育を受け、適切な職業に就くことを拒否されることほど、男女を問わず、人間を貶めるものはない。彼女はこども時代から十代を通じてずっと、人生の唯一の目的は夫のためにすてきな家庭を営むことだと教えられてきたが、これは自分で目的を選ぶ権利を蔑ろにすることだ。自分は大変な苦労をして通信制大学で学んだが、そのあいだにも嘲笑や軽蔑や教会による異端者扱いに直面した。だからこそ、自分の娘たちにはおなじ不利な条件が課されることがないようにする決心をしたのだという。

両者の弁護士はともに、問題は単に教育だけにはとどまらないとする点では戦術的に一致していた(なぜなら、それがあきらかに裁判官の意見でもあったからである)。法廷は、こどもたちのために、全面的な信仰生活か、それほどではないものかのいずれかを選ばなければならず、ふたつの文化、アイデンティティ、精神状態、将来への希望、家族関係、基本的定義、根本的忠実さ、未知の将来のいずれかを選ばなければならなかった。

こういう場合には、それが無害だと思われるかぎり、現状を支持しようとする傾向がひそんでいるものである。フィオーナの判決文の草稿は二十一ページで、床に扇状にひろげて伏せてあったが、彼女はそれを一枚ずつ取り上げて、柔らかい鉛筆でしるしを付けていった。

ベッドルームからはなんの物音もしなかった。雨のなかを滑っていく車のシューッという音のほかはなにひとつ聞こえない。自分が聞き耳を立てているのが腹立たしかった。彼女は注意を集中して、じっと息をひそめ、ドアか床がきしむ音に耳を澄ましていた。彼女はそれを待ち、それを怖れていたのである。

裁判官仲間のあいだでは、フィオーナ・メイの判決文は、本人がいないところでさえ、褒められていた。歯切れのいい文章で、皮肉とまでは言えないが、温かいというほどでもなく、じつに簡潔な言葉で係争の論点を整理していたからである。首席裁判官でさえランチの席で「神業的な距離の取り方、悪魔的な理解力、しかも、それでいて美しい」とつぶやいたという噂だった。彼女自身の意見では、年を経るごとに、人によっては衒学的と呼ぶかもしれない正確さを増しており、そのうちいつか、ピグロウスカ対ピグロウスキ事件におけるホフマン判決、あるいはビンガム男爵やウォード卿の判決、必要不可欠なスカーマン判決——今回の判決でも彼女はそのすべてを引用していた——みたいに、しばしば引用される議論の余地のない引例の域に到達できるのではないかと思っていた。その判決文は、しかし、まだ一ページ目にも目を通されずに、彼女の指からだらりと垂れさがっていた。わたしの生活は変わろうとしているのだろうか？　まもなく学識豊かな友人たちがここか、リンカーン法曹院か、インナー・テンプル法曹院か、ミドル・テンプル法曹院のいずれかのランチの席上で、畏怖の念をこめてささやくことになるのだろうか？〈それで、彼女は彼を追い出したのかね？〉グレイ法曹院のこのじつに快適なフラットから？　彼女はそこにひとりで居坐ることになるのだろうか？　やがて家賃あるいは歳月が、ゆるやかな潮の流れに押し上げられるテムズみたいに、じわじわ上昇して自分も追い出されることになるまでは。

仕事に戻ろう。第一章〈背景〉。家族の生活についての取り決め、こどもたちの居住地や父親との接触について通例の所見。そのあとに、彼女は独立した章を設けて、超正統派ユダヤ教徒の共同体について、その内部ではいかに宗教的な実践が生活様式そのものになっているかについて説明していた。カエサルに仕えることと神に仕えることのあいだに意味の区別はなく、それは戒律を厳守するイスラム教徒でもおなじである。彼女の鉛筆は躊躇した。イスラム教徒とユダヤ教徒をいっしょくたにするのは、少なくとも父親の目には、無用あるいは挑発的に見えるかもしれない。しかし、それは彼が道理を弁えた人間でない場合に限られるし、そんなことはないだろう。イキ。

第二章のタイトルは〈倫理的な差異〉だった。法廷はふたりの少女のための教育を選ぶことを、異なる価値観のどちらかを選ぶことを求められていた。こういう場合、社会で一般的に認められていることはたいして助けにはならない。彼女がホフマン卿を引き合いに出したのはここだった。「一般の人々の意見が食い違う価値判断がある。裁判官も人間であるから、これは裁判官がその価値観を適用する際、ある程度の差異が生じることは避けがたいことを意味する……」

フィオーナは最近ではわき道にそれて長々と厳密な論議を展開することを好むようになっていたが、次のページでは数百語を費やして福祉《ウェルフェア》という言葉を定義し、さらに福祉を維持できる基準について検討していた。彼女はヘイルシャム卿にならって、この言葉は福利《ウェル・ビーイング》と同義語だと見なし、人間としてのこどもの成長に伴うすべてが含まれるものとした。さらに、中・長期的な見方をしなければならないというトム・ビンガムの意見に同意して、現在のこどもは二十二世紀まで生きている可能性があることを指摘した。彼女は一八九三年のリンドリー控訴院裁判官による判決を引用して、福祉は経済的な観点からのみ評価されるべきではなく、単に物理的な快適さを基準に判断されるべきでもないとした。できるかぎり幅広い考え方をする必要がある。福祉、幸福、福利はよい人生という哲学的概念を包含するものでなければならない。このよい人生を構成する要素、こどもの成長が向かうべき目標を挙げれば、たとえば、それは経済的および精神的自由であり、道徳的な生き方であり、思いやりや人を愛する心をもつことであり、要求のきびしい任務に携わることを通して充実感の得られる仕事に就くことであり、個人的な関係の豊かなネットワークをもつことであり、他人から尊敬を集めるようになることであり、人生のより大きな意味を追究することであり、人生の核としてひとつまたはいくつかの、とりわけ愛によって定義づけられる大切な関係をもつことである。

そう、この最後の重要な点において、彼女自身がいまや落第しかけていた。わきに置かれたスコッチの水割りのタンブラーは手がつけられていなかった。その尿みたいな黄色っぽい色や鼻を突くコルク臭が、いまや胸をむかつかせた。もっと怒るべきだった。何人かいる古くからの友だちのひとりにぶちまけるべきだった。ベッドルームにつかつかと入っていって、もっと詳しい説明を要求すべきだった。だが、彼女は自分の存在が気がかりな仕事という一点に縮んでしまったような気がしていた。判決文はあしたの期限までに印刷できるように準備しておく必要があり、仕事をしなければならなかった。彼女の私生活は重要ではなかった。少なくとも、これまではそのはずだった。彼女の注意は手のなかの書類と五十フィート向こうの、閉ざされたベッドルームのドアに二分されたままだった。彼女はむりやり長い段落を読んだ。法廷で声に出して言ったときには半信半疑だった部分である。しかし、明白な事実をしっかり述べることに害はない。福祉は社会的なものであり、こどもの、家族や友人たちとの関係の複雑な網はきわめて重要な要素である。こどもは孤立した島ではない。アリストテレスの有名な解釈によれば、人間は社会的動物である。このテーマに四百語を費やすことで、博識な引用（アダム・スミスやジョン・スチュアート・ミル）を帆にはらませて、彼女は出帆した。すぐれた判決にはこういう文明的な広がりが必要なのである。

それからまた、福利というのは変わりやすい概念でもあり、現代の思慮分別のある男女の基準によって評価されるべきものでもある。一世代前には十分だったものがいまでは不十分かもしれない。また、宗教的信念や神学的な見解の相違について判断をくだすのは世俗的な法廷がすべき仕事ではなく、あらゆる宗教は――スカーマン控訴院裁判官による「不道徳で社会的に迷惑なものでないかぎり」という暗い表現ではなく、パーチャス控訴院裁判官の言葉を借りて――「法的および社会的に許容できるものであるかぎり」、尊重すべきものである。

こどもの利益のために両親の宗教的信条に反しても介入する場合には、法廷は慎重を期すべきであるが、ときにはそうしなければならない。それはどんな場合か？　その答えとして、彼女はお気にいりのひとつ、博識なマンビー控訴院裁判官の言葉を引用した。「人間の条件は無限の変化に富むものであり、恣意的に定義することは許されない」じつにみごとなシェイクスピア的タッチではないか。〈習慣も彼女の無限の変化を陳腐なものにすることはない〉。この言葉が彼女を脱線させた。このイノバーバスの台詞（『アントニーとクレオパトラ』第二幕第二場）を彼女はそらで覚えていた。まだ法科の学生だったころ、ある真夏の夕べ、リンカーンズ・イン・フィールズの芝生で、女性だけの芝居で彼の役を演じたことがあったからだ。痛む背中から司法試験の重荷が取り除かれたばかりだった。ちょうどそのころ、ジャックが彼女に恋をして、その後まもなく、彼女も彼を愛するようになった。初めて寝たのは午後の太陽に焼かれる屋根の下の、友人から借りた屋根裏部屋でだった。あけられない明かり取りの小窓から、プール・オブ・ロンドンに向かうテムズ川の東寄りの切れ端が見えた。

フィオーナは彼が愛人にするつもりかあるいはすでに愛人にしている統計学者、メラニー――彼女も一度会ったことがある――のことを考えた。物静かな若い女で、重たい琥珀のネックレスを着け、古いオークの床を台無しにしそうなピンヒールが好みだった。〈ほかの女たちは男の欲望を満たせば飽きられる。だが、彼女は満たせば満たすほど、もっと欲しがらせる女だ〉。そういうことなのかもしれない。有毒な強迫観念。中毒状態が彼を家庭から引き離し、完全に取り乱させて、彼らの過去と将来のすべてを、現在もろとも、焼き尽くしてしまったのかもしれない。それとも、メラニーも、フィオーナ自身があきらかにそうであるように、〝ほかの女たち〟、男に飽きられる女たちの一員なのだろうか？　二週間もしないうちに、欲望が満たされて、彼は舞い戻ってきて、家族の休暇の計画を立てたりするのだろうか？

どちらにしても、耐えがたかった。

耐えがたいのに、考えずにはいられなかった。しかし、判決とはなんの関連性もない。彼女はむりやり手のなかの書類に、両当事者からの証拠の概要に注意を戻した――無駄がなく、そっけないが、悪い感じではなかった。次は、法廷が任命したソーシャル・ワーカーからの報告書についての説明だった。しばしば息を切らせ、髪には櫛が入っておらず、ボタンを外したブラウスの裾を出している、丸々とした、気のいい若い女。ずぼらなところがあって、車のキーや書類を車内に置き忘れたり、こどもを学校に迎えに行かなければならなかったり、込みいったトラブルですでに二度公判に遅刻していた。しかし、よくある両当事者に気にいられようとするどっちつかずの報告書とはちがって、このCafcass《カフカス》（児童および家族の法廷助言支援サービス）の女性の報告書は実際的で、鋭敏でさえあり、フィオーナはそれを肯定的に引用していた。次は？

　彼女が顔を上げると、部屋の反対側に夫がいて、飲みものをもう一杯注いでいた。かなりたっぷりと、スリー・フィンガーか、ひょっとするとフォー・フィンガーかもしれない。彼はいまや裸足だった。ボヘミアン的な大学人である彼は、夏には屋内ではよく裸足になる。だから、入ってきたとき音がしなかったのだ。おそらくは、ベッドに寝そべって、半時間もレース状の天井の廻縁《モールディング》を眺めながら、彼女の理不尽さについて考えていたのだろう。肩をぐっと丸めているところや、ストッパーを――親指の根元でピシャリと――ボトルに戻した仕草は、彼が言い争いをするために戻ってきたことを示していた。彼女はその兆候をよく知っていた。

　彼は振り向くと、生《き》のままの飲みものを手に持って近づいてきた。ユダヤ人の少女たち、レイチェルとノラは、キリスト教の天使みたいに、しばらくは彼女の背後で宙に浮かんで待っていなければならないだろう。彼女たちの世俗的な神はみずからの問題を抱えているのだから。目の位置が低かったので、彼の足指の爪がよく見えた――きれいに切られて四角に整えられ、半月は明るく若々しく、彼女の爪にはあるキノコの笠の裏のひだみたいな縦線のきざしもなかった。彼は教職員仲間とのテニスと書斎に置いてあるウェイト――毎日百回持ち上げるのを目標にしている――で体形を維持していた。彼女は文書の入ったバッグを抱えて法廷から自分の部屋へ、エレベーターではなく階段で上ることとくらいしかやっていなかった。彼はちょっと荒っぽいタイプのハンサムで、ちょっといびつな角張った顎、よく歯を見せるなんでもやる気がありそうな顔が、古代史の教授には放縦な顔を期待していない学生たちを魅了した。彼が学生に手を出すかもしれないなどとは考えたこともなかったが、いまや、すべてが違って見えた。ひょっとすると、これまでずっと人間の弱さと関わり合ってきたにもかかわらず、彼女はあまりにも無邪気であり、ろくに考えもせずに自分とジャックには世間一般の夫婦のようなことは起こらないと信じこんでいたのかもしれない。大学とは無関係な一般読者向けの唯一の著書、活きのいいユリウス・カエサル伝で、彼は束の間有名人みたいなものになり、無言のうちに尊敬されるようになったことがある。どこかの小生意気な二年生のじゃじゃ馬娘が、たまらずに彼の前に身を投げ出したりしたかもしれない。彼の研究室には長椅子があるか、かつてあったし、はるかむかしの新婚旅行の最後にオテル・ド・クリヨンから失敬してきた〈入室ご遠慮ください《ヌ・パ・デランジェ》〉の札もある。こんなことはいままで考えたこともなかったが、こうやって疑惑の虫が過去を侵食していくのだろう。

彼はいちばん近い椅子に腰をおろした。「きみはわたしの質問に答えなかったから、わたしが教えてやろう。七週間と一日だ。正直なところ、きみはそれで満足しているのかね？」

彼女はおだやかに言った。「あなたはすでに関係をもっているの？」答えにくい質問に対しては別の質問をぶつけるのが最良の答え方であることを、彼は知っていた。「わたしたちは歳を取りすぎているときみは思っているのか？　そうなのかい？」

彼女は言った。「なぜなら、もしそうなら、いますぐ荷造りをして、出ていってもらいたいからよ」

これは自傷行為的な一手で、あらかじめ考えていたわけではなかった。相手がナイトを動かしたので、彼女はルークを進めたのだ。まったくの狂気の沙汰だったが、もはや引き返すことはできなかった。彼が出ていかなければ、屈辱であり、出ていってしまえば、奈落の底に突き落とされることになるだろう。

彼は椅子に腰を落ち着けようとしていた。木製で、革張りの、中世の拷問椅子みたいな代物だった。ヴィクトリアン・ゴシックはむかしから好きではなかったが、いまほど嫌いになったことはなかった。彼は足首を膝に載せ、首をかしげて、鷹揚にあるいは憐れむように彼女を見たが、彼女は顔をそむけた。七週間と一日という言い方にも中世的な響きがあった。むかしの巡回裁判所で言い渡された判決みたいだった。自分が申し開きをしなければならないかもしれないと思うと、彼女は困惑した。彼らは長年のあいだまずまずのセックス・ライフを送ってきた。定期的に、単純かつ元気旺盛に。ウィークデイの早朝には、ベッドルームの分厚いカーテン越しに一日の仕事の目もくらむような心配事が侵入してくる前に。ウィークエンドには午後、ときにはテニスの、メクレンバーグ・スクエアでの社交的なダブルスのあとに。そうやって、パートナーのミスショットを咎める気持ちをすっかり消し去ったものだった。実際のところ、とても満足のいく性生活で、実用的でもあり――そのおかげで、彼らは生活のほかの部分にスムーズに入っていけた――、議論を超越していたことも楽しさのひとつだった。そのための語彙さえなかった――それがいま彼がそれについてふれるのを聞くのが苦痛な理由のひとつであり、熱意や頻度が徐々に低下していったことに彼女がほとんど気づかなかった理由でもあった。

しかし、彼女はずっと彼を愛していたし、いつも愛情豊かで、忠実で、心配りが行き届き、ついで昨年も、メリベル（フランスのスキーリゾート地）でむかしの学生仲間との無茶なダウンヒル・スキーのレース中に、彼が脚と手首を骨折したときには、やさしく看護してあげた。いま思い出したが、彼が石膏の白亜の輝きに囲まれてにやにやしながら横たわっているあいだ、彼女は彼にまたがって、満足させてやったものだった。だが、自分を弁護するために、どうすればそんなことを引き合いに出せるのかわからなかったし、彼女が非難されているのはそういう理由からではなかった。彼女に欠けているのは献身的な態度ではなく、情熱だったのだから。

それから、年齢のこともある。まだすっかり萎んでいるわけではないが、いまのところはまだそこまでではないが、それでも初期の兆候が透けて見えはじめていた。ちょうど、ある種の光のなかでは、十歳のこどもに大人の顔が透けて見えることがあるように。彼女の前に足を投げ出して坐り、こんな会話をしているジャックがばかげたことをしているように見えるとすれば、彼の目には彼女がその何倍もそう見えているにちがいなかった。彼の白い胸毛は、いまでも本人は自慢にしていたが、シャツのいちばん上のボタンからカールしてはみ出して、ただひたすらもはや黒くはないと宣言しているだけだったし、髪の毛は、修道僧を思わせるよくあるパターンで薄くなりかけていて、その埋め合わせになるとは思えないのに、長く伸ばしていた。脛の筋肉は以前より細くなって、ジーンズをぴっちり満たしてはいなかったし、目には将来の空虚さのかすかな兆しがあり、頬にも似たようなくぼみの前兆があった。だとすれば、それに対するコケティッシュな応答として、彼女の足首が太さを増し、お尻が夏の入道雲みたいにふくらんで、歯茎が下がるにつれてウェストが逞しくなっていくとしてもどうだというのか？　そういうすべてはまだ誇大妄想的なミリ単位での変化にすぎないのだから。それよりはるかに悪いのは、ある種の女に歳月が用意している特別な侮辱で、口の両端が下がってきて、絶えず非難しているように見えることだった。玉座からむずかしい顔をして弁護団と対峙するカツラを被った裁判官なら、それでもそんなに悪くはないだろうが、愛人としてはどうだろう？

そして、いまここで、まるでティーンエイジャーみたいに、彼らはエロスという大義の下で自分たちのことを検討しようとしているのだった。

彼は戦術的には抜け目がなく、彼女の最終通告を無視して、その代わりに言った。「わたしたちはあきらめるべきじゃないと思う。そうじゃないのかい？」

「出ていこうとしているのはあなたのほうよ」

「それにはきみも責任があるんじゃないか」

「結婚生活を台無しにしようとしているのはわたしじゃないわ」

「ほんとうかね？」

彼は穏やかな口調でそう言って、その言葉を彼女の自己不信の洞窟の奥底に投げこんだ。そうやって、こういう厄介な問題が生じるのはそもそも自分が悪いからだと考えがちな彼女の背中を後押しした。

彼は用心深くすこしだけスコッチを飲んだ。自分の必要性を主張するためにも、酔っ払うつもりはなかったのだ。大声で間違ったことをがなり立てるほうが彼女にとってはよかっただろうが、彼は厳粛で理性的な態度を保つつもりだった。

彼女の視線を受けとめながら、彼は言った。「わたしがきみを愛していることはわかっているはずだ」

「でも、あなたはほかのもっと若い女《ひと》を望んでいる」

「わたしはセックス・ライフを望んでいるんだ」

それはひとつの合図だった。その言葉をきっかけにして、彼女は自分が忙しく、疲れていて、相手をできなかったことをあやまり、愛情のこもった約束をして、彼を引き戻すこともできたはずだった。しかし、彼女は顔をそむけて、なにも言わなかった。こんなふうにプレッシャーをかけられて、目下のところまったく興味がもてない官能的生活を復活させることに身を捧げる気にはなれなかった。とりわけ、関係はすでにはじまっているのではないかと疑っているようなときには。彼はあえてそれを否定しなかったが、彼女はあらためて聞き返すつもりはなかった。プライドからだけではない。いまでもまだ、彼の答えを怖れていたのである。

「で」と長い間を置いてから、彼が言った。「きみにはその気はないのかい？」

「こんなふうに頭に銃を突きつけられている状態ではね」

「どういう意味だ？」

「わたしがシェープアップしなければ、あなたはメラニーのところに行くって言っているんだから」

彼女が言おうとしたことはよくわかっていたくせに、女の名前を言わせたかったから聞き返したのだろう、と彼女は思った。彼女はまだ一度もその名前を口にしたことがなかったからだ。その名前を聞くと、彼の顔にかすかな震えか緊張のようなものが走った。抑えきれない顔の筋肉のかすかな動き。それとも、〝……のところに行く〟という露骨な言い方のせいだろうか？　彼女はすでに彼を失ってしまったのか？　ふいに血圧が下がって、また上昇したかのように、めまいがした。彼女は寝椅子の上で上体を起こすと、依然として手にしていた判決文の原稿を絨毯の上に置いた。

「これはそういうことじゃない」と彼は言っていた。「いいかい、これを反対側から見てみるがいい。きみがわたしの立場で、わたしがきみだったとしよう。その場合、きみならどうするつもりだい？」

「わたしなら、まず男を見つけに行って、それからあなたと交渉を開始しようとはしなかったでしょう」

「それなら、どうしたんだね？」

「あなたがどんな問題で悩んでいるのか理解しようとしたでしょう」自分の耳にもなんだかやけに優等生的な答えに聞こえた。

彼はいかにも大仰に両手を彼女のほうに差し出した。「けっこうだ！」おそらく学生相手に使っているにちがいない、ソクラテス的手法だった。「では、きみはどんな問題に悩まされているのかね？」

このやりとりはじつに愚かで不誠実だったにもかかわらず、それがただひとつの問題であり、そう質問するように仕向けたのは彼女だった。しかし、偉そうにされると、彼女は苛立たしくなり、すぐにはなんとも答えずに、彼の背後の部屋の奥に目をやった。この二週間ほとんどさわっていないピアノと、カントリー・ハウス風にその上に並べられている銀のフレームに入った写真に。結婚式から老年に至るまでの両方の両親、彼の三人の姉妹と彼女の二人の兄弟、現在および過去のそれぞれの妻と夫（不実にも、彼らはだれひとり取り除いてはいなかった）、十一人の甥と姪、それからその十三人のこどもたち。人生はどんどん加速して、ベビー・グランド上の小さな村の住人は増えつづけた。彼女とジャックはなんの貢献もせず、ひとりも付け加えることなく、ただ家族の集まりに顔を出して、ほとんど毎週のように誕生日プレゼントを贈り、比較的安い城に数世代が集まるバカンスに出かけるだけだった。彼らのフラットには、よく親類が泊まりにきた。廊下の突き当たりにウォークイン・タイプの収納スペースがあったが、そこには折りたたんだ簡易ベッド、小児用の椅子やベビーサークル、次にこどもが生まれてもすぐ使えるように嚙みあとのある色褪せた玩具が籐製のバスケットに三個分もあった。しかも、今年の夏もスコットランドの城――アラプールの十マイル北――が彼らの決定を待っていた。印刷の悪いパンフレットによれば、濠《ほり》とまだ動く跳ね橋があり、壁に鉤や鉄輪が付いている地下牢があるという。いまや、かつての拷問部屋は十二歳以下のこどもたちにはぞくぞくする場所なのだ。彼女はふたたび中世の判決を思い出した。七週間と一日。シャム双生児事件の裁判の最終段階からいままでの期間。

恐ろしさと憐れみのすべてが、ディレンマそのものが、裁判官にだけ提示され、ほかのだれにも公開されなかったその写真のなかにあった。ジャマイカ人とスコットランド人を両親とするその男の赤ん坊たちは、小児集中治療室のベッドの生命維持装置の絡み合いのなかに頭と足を逆にして横たわっていた。ふたりは骨盤で結合しており、胴体はひとつで、背骨に対して直角方向に脚をひろげていたので、何本も腕のあるヒトデに似ていた。保育器の側面に付いているメジャーが、この無力な、あまりにも人間的な集合体の身長が六〇センチであることを示していた。彼らの脊髄と脊柱の下部はひとつに溶け合い、目は閉じられていて、四本の腕は裁判所の決定に降伏するかのように上げられていた。使徒の名にちなむマシュー（マタイ）とマーク（マルコ）という名前も、ある方面では、明晰な考え方をする助けにはならなかった。マシューの頭は腫れ上がっていて、両耳はバラ色の皮膚のくぼみに過ぎなかった。マークの頭は、新生児用の毛糸の帽子をかぶっていたが、正常だった。ふたりが共有している臓器は膀胱だけで、これは大部分がマークのお腹のなかにあり、専門医によれば、そこから「ふたりの別々の尿道に自然かつ自由に排尿されている」ということだった。マシューの心臓は大きかったが、「ほとんど収縮していなかった」。マークの大動脈がマシューのそれに血液を供給しており、マークの心臓がふたりの生命を支えていた。マシューの脳は奇形が甚だしくて、正常な発育は望めず、彼の胸腔には機能する肺組織が存在しなかった。彼には「泣くための肺がない」と看護師のひとりは言ったものだった。

　マークはふつうに乳を吸っており、二人分の栄養を摂取し呼吸して、「すべての仕事」をしていたので、異常に痩せていたが、なにもすることのないマシューは体重が増えつつあった。そのままにしておけば、マークの心臓は遅かれ早かれその負担に耐えられなくなり、ふたりとも死ななければならない。マシューは六カ月以上は生き延びられそうになかった。彼が死ねば、その兄弟も道づれになるにちがいなかった。ロンドンの病院は、ふつうに健康なこどもになれる可能性のあるマークを救うため、緊急に双子を切り離す手術の許可を求めていた。そうするためには、外科医は共有されている大動脈をクランプで遮断し、次いで切断しなければならず、その結果マシューを殺すことになるが、そのあとで、マークに対する一連の複雑な再建手術がはじまるわけである。愛情豊かな両親は、ジャマイカ北海岸の村に住む敬虔なカトリック信者で、信仰心から平静を保っており、殺人を是認することを拒否していた。生命は神が与えたものであり、神のみがそれを取り除くことができるのだから。

　ある意味では、フィオーナの記憶は、彼女が精神を集中するのを妨げた、長期にわたる恐ろしい噪音の記憶だった。無数の車の盗難警報装置《カー・アラーム》。常套句を現実のものにした、大勢の逆上した魔女たち。わめきたてる新聞の見出し。医師、聖職者、テレビやラジオの司会者、新聞のコラムニスト、同僚、親類、タクシーの運転手、国民全員がそれぞれの意見をもっていた。物語の中身がそうさせずにはおかなかった。悲劇的な赤ちゃん。たがいに愛し合い、こどもたちもおなじくらい愛している、心やさしく、まじめで、雄弁な両親。生命、愛、死、そして時間との競争。マスクをした外科医たちは超自然的信仰に対抗させられた。見解の幅について言えば、一方の極には、ひとりのこどもが救われるのはふたり死ぬよりもよいという、安易な倫理の方程式を金科玉条とし、法的な細かいことをもどかしがる、世俗的な功利主義党派があり、もう一方の極には、神の存在を確信しているだけでなく、その意思を理解しているとする人々がいた。フィオーナはその判決の冒頭で、控訴院裁判官ウォード卿の言葉を引用して、すべての当事者に注意を促した。「本法廷は法律の法廷であり、倫理のそれではない。わたしたちに課せられた任務および果たすべき責任は、眼前に置かれた状況——前代未聞の状況だが——に当てはまる法的原則を見いだし、それを適用することである」

この由々しい論争において、望ましいあるいはより少なくしか望ましくない結論はひとつしかなかったが、それに至る法的な道筋は容易ではなかった。時間的なプレッシャーにさらされ、うるさい世間が待ちかまえているなかで、わずか一週間と一万三千語で、彼女は妥当と思われる道筋を見いだした。あるいは、少なくとも、控訴院は、彼女が判決をくだした翌日というさらにきびしい時間的制約のなかで、彼女の判断がおおむね妥当だったことを示した。ただし、ある人命がほかの人命より価値があると推定することは不可能だとされた。双子を分離することはマシューを殺すことになる。しかし、ふたりを分離しなければ、不作為によって、ふたりとも殺すことになる。法的および倫理的余地はきわめてわずかであり、この問題にはより小さい悪を選択するというかたちで対処するしかなかった。それでも、裁判官はマシューにとって何が最大の利益になるかを考慮する義務があり、死はあきらかにそうではなかった。しかし、彼には生き延びるという選択肢もなかったのである。彼には痕跡のような脳しかなく、肺はまったく欠けており、役に立たない心臓しかないうえに、おそらく痛みがあり、いずれ——しかも近いうちに——死ぬ運命だった。

フィオーナは——のちに控訴院も認めた——ひとつの斬新な考え方として、マシューにはその兄弟とはちがって守るべき利益がないと主張した。

だが、より小さい悪のほうが望ましいとしても、それは依然として違法であるおそれがあった。マシューの体を切りひらいて大動脈を切断するという殺人行為をどうすれば正当化できるのか？病院の専門医は、双子を分離することはマシューの生命維持装置を外すのと似たようなものであり、マークがその装置なのだと強く主張したが、フィオーナはその考え方は採用しなかった。分離手術はあまりにも大きく生体を傷つけ、マシューの身体の健全性を甚だしく侵害するものであり、単なる延命治療の中止と見なすことはできなかった。その代わり、彼女は〝緊急避難理論〟に自分の論拠を見いだした。これは慣習法《コモン・ロー》では確立されている考え方で、ある種の限定された状況——それがどんな状況かを議会はけっして定義しようとしない——では、より大きな悪を防ぐために刑法を破ることが許されるというものだった。彼女が引き合いに出したのは、数人の男がロンドン行きの飛行機をハイジャックして、乗客を恐怖に陥れたが、それが自国での迫害から逃れるための行為だったので無罪とされた事件だった。

行為の意図というきわめて重要な問題については、手術の目的はマシューを殺すことではなく、マークの命を救うことであるとした。マシューは、自分ではまったくなにもできないことで、マークを殺しかけており、医師団はマークを守るために介入して、致命的損傷の怖れを取り除くことを許されなければならない。マシューは分離手術後に死亡するにちがいないが、それは彼が意図的に殺害されたからではなく、自力では成長することができないからである。

控訴院はそれを認めて、両親による控訴を棄却し、二日後の午前七時に、双子は手術室に入った。

フィオーナがもっとも高く評価している同僚たちが彼女を捜し出して握手を求め、特別なフォルダーに保存する価値があるような手紙を書いた。彼女の判決はエレガントで、正当であり、当事者の立場に立った見解だった。マークの再建手術は成功し、世間の関心は薄れて、次の話題に移っていった。しかし、彼女は満足していたわけではなく、この事件を忘れられず、夜中に長時間目を覚まして、細部について再検討したり、自分の判決文の文章の一部を入れ替えて、別の方向性を打ち出してみたりした。あるいは、自分にこどもがないことや、むかしからお馴染みのいろんなことを考えずにはいられなかった。それとおなじころ、敬虔な信者たちから小さなパステルカラーの封筒入りの悪意に満ちた手紙が届きはじめた。こどもたちはふたりとも死ぬべきだったというのが彼らの意見で、彼女の判決に不満だったのである。なかには悪態をついたり、彼女に肉体的危害を加えてやるという人間もいて、彼女がどこに住んでいるか知っていると主張する輩もいた。

神経が張りつめていたその数週間は彼女に傷跡を残したが、それがいまようやく消えたばかりだった。いったい何が彼女を悩ませていたのか？　夫の質問は彼女自身の質問でもあった。そして、いま、彼は彼女の答えを待っていた。法廷での審理に先立って、彼女はローマ・カトリック教会のウェストミンスター大司教から意見書を受け取っていた。判決文のなかの敬意を込めた一節で、大司教は神の意思を妨げないようにするため、マークがマシューといっしょに死ぬほうが望ましいと考えていることを彼女は指摘した。神学上の立場を守るため、聖職者が意味のある人生の可能性を切り捨てようとしても、彼女は驚かなかったし悩まされることもなかった。法そのものにも似たような問題があり、医師がある種の望みのない患者を窒息、脱水、ないし餓死によって死亡させることは認めても、致死薬の注射で即座に安楽死させることは認めようとしないのだから。

夜になると、彼女はじっくり見入った双子の写真やほかの十数枚の写真を、専門医から聞かされた詳細な技術的情報を思い出さずにはいられなかった。赤ん坊のどことどこが悪いのか、マークが正常に生活できるようにするために、乳児の肉体をどんなふうに切開し、切断し、接合し、折り曲げて、内臓を再建し、脚の角度を変え、性器と腸全体を九〇度回転させなければならないか。ベッドルームの闇のなかで、かたわらのジャックが静かにいびきをかいているあいだ、彼女は崖から下を覗いているような気分だった。記憶によみがえるマシューとマークの写真。そこには盲目的な、なんの目的もない、無用さがあるだけだった。一連の化学的な事象のどこかで失敗があり、厖大なタンパク質合成にかすかな乱れが生じたため、ごく小さい卵子が適切な時期に分裂できなかった。分子レベルでのできごとが爆発する宇宙みたいにふくれ上がって、はるかに大規模な人間の不幸になった。残虐性もなければ、復讐心があるわけでもなく、幽霊が怪しげな動きをしたわけでもない。ただ単に遺伝情報の転写に誤りがあって、酵素の処方箋がおかしくなり、化学結合が断ち切られただけのことなのだ。なんの意味もなく、どうということもない、自然の損耗のプロセスにすぎない。しかし、それは健康的な、完全に形成された生命もおなじくらい偶発的であり、おなじように無目的だという事実を浮かび上がらせる。正しい場所に適切に形成された五体をそなえてこの世に生まれたのは、まったくの幸運にすぎない。残酷でない愛情豊かな両親のもとに生まれたのも、地理的ないし社会的な偶然から戦争や貧困を免れたのも、それゆえに道徳的であることがはるかに容易だと思われるのも、やはりそのせいにすぎないのである。

その裁判のせいで、しばらくのあいだ、彼女の心は麻痺して、なににも関心がなくなり、感じることもなくなり、ただ自分の仕事をこなすだけだったが、だれにもそうとは言わなかった。肉体に対してひどく神経質になり、自分の体もジャックのそれも、嫌悪感を抱かずに見ることはほとんどできなかった。そんなことをどんなふうに話せばよかったのだろう？ 法律家としてのキャリアのこの段階で、たくさんのなかでとくにこの裁判が、その悲しさや、内臓の細部やかまびすしい世間の関心が、彼女にこんなにも個人的な影響をおよぼすことがありえたなんて、彼に説明したとしても、とてもほんとうとは思えなかったろう。しばらくのあいだ、彼女の一部は哀れなマシューといっしょに死んでいた。この世からひとりのこどもを葬り去ったのは、三十四ページのエレガントな判決文で彼の存在を抹消する論理を展開したのは彼女だった。ふくれ上がった頭や収縮しない心臓のせいで、彼が死ぬ運命にあったことは問題ではなかった。彼女は大司教に劣らず不合理であり、自分のなかに縮こまっているのが当然だと感じるようになっていた。そういう感覚はいまはもうなかったが、七週間と一日経ったあとも、記憶のなかの瘢痕《はんこん》組織として残っていた。

体をもたずに、肉体的な束縛から解放されて、ふわふわ宙に浮かんでいられればよかったのに。


ジャックのタンブラーに氷がカチリと当たった音が、彼女をこの部屋と彼の質問に引き戻した。彼はじっと彼女を見つめていた。たとえどんなふうに告白していいかわかっていたとしても、そうしたい気分ではなかった。あるいは、どんな弱みも見せたくなかった。彼女にはするべき仕事があった。天使たちが待っており、判決文の結論部分の校正をしなければならない。彼女の精神状態は問題ではなかった。問題は夫がしようとしている選択であり、いまも彼女にかけているプレッシャーだった。彼女はふいにまた腹立たしくなった。

「最後にもう一度訊くけど、ジャック、あなたは彼女に会っているの？　答えがなければイエスだと見なすわよ」

しかし、彼もやはり興奮していた。椅子から立ち上がって、彼女から離れてピアノに歩み寄り、ひらいたふたに片手を置いて立ち止まると、ある程度忍耐力を取り戻してから振り返った。その瞬間、彼らのあいだの静寂がふくらんだ。雨はやみ、庭《ザ・ウォークス》のオークの木々に降りかかる雨音も聞こえなかった。

「わたしは自分のことははっきりさせたつもりだ。きみに対してオープンであろうとしているんだ。彼女とはいっしょにランチをした。なにも起こらなかった。まずきみに話してから、わたしは――」

「そう、あなたはもう話をしたし、わたしの答えも聞いたわ。で、これからどうするつもり？」

「これから、きみに何が起こっているのか聞かせてもらうつもりだ」

「そのランチはいつだったの？　どこで？」

「先週、職場でだ。なんでもなかった」

「結局は浮気に結びつくようななんでもなさね」

彼は部屋の反対側の端から動こうとしなかった。「処置なしだ」と彼は言った。平板な口調だった。疲れ果てるまで試されている思慮分別のある男。そんな芝居じみたやり方でうまく乗り切れると思っているなんて驚きだった。巡回裁判をしていると、年老いた文字の読めない常習犯が出廷して、なかには数本しか歯が残っていない者もいたが、被告席で独り言をつぶやいたりするものだが、彼らのほうがよほど演技がうまかった。

「処置なしだ」と彼は繰り返した。「残念なことだが」

「あなたは自分が何をぶち壊そうとしているかわかっているの？」

「きみにもおなじことが言えるね。なにかが起こっているのに、きみはそれを話そうとはしないんだから」

出ていかせるがいい、という声が聞こえた。頭のなかの彼女自身の声が。すると、昔馴染みの恐怖にギュッと心が締めつけられた。これから残りの人生をひとりで暮らしていくつもりはなかったし、そんなことはできなかった。同年齢の親しい友だちがふたり、ふたりともずっと以前に離婚によって夫を奪われていたが、いまだに大勢の人で混雑した部屋に同伴者なしに入っていくのを忌み嫌っていた。それに、単なる社交的な虚飾を越えたところでも、自分が彼に愛情を抱いていることを彼女は知っていた。いまはそれが感じられなかったけれど。

「きみの問題は」と、彼は部屋の反対側から言った。「けっして自分のことを説明する必要はないと思っていることだ。きみはわたしから離れていった。わたしがそれに気づいて、気にしていることに、きみは気づいていたにちがいない。まあ、それでもなんとか耐えられたかもしれない。それがずっとつづくわけじゃないと思えるか、その理由がわかっていたのなら。だから……」

そう言いながら、彼は彼女のほうに歩みだしたが、彼がどんな結論を出そうとしていたのか、彼女が苛立ちを募らせてどんなふうに応じたかはわからずじまいだった。というのは、その瞬間に電話が鳴ったからである。彼女は反射的に受話器を取った。彼女は当番判事であり、もちろん、電話は事務官のナイジェル・ポーリングからだった。いつものように、ためらいがちな、いまにも言葉が詰まりそうな声だった。それでも彼はいつも有能だったし、感じのいい距離を保っていた。

「こんな時刻にお電話して申しわけありません」

「かまわないわ。どうぞ」

「ウォンズワースのイーディス・キャヴェル総合病院の弁護士から電話がありました。ガン患者の十七歳の少年に緊急に輸血する必要があるのに、本人と両親が承諾を拒否しているそうです。それで、病院側は――」

「なぜ拒否しているの？」

「エホバの証人だからです」

「わかったわ」

「病院側は彼らの意思に反して処置することを合法とする命令を欲しがっているんです」

彼女は腕時計を見た。十時半をまわったところだった。

「時間的余裕は？」

「水曜日以降になると危険だ、と彼らは言っています。きわめて危険な状態になると」

彼女は周囲を見まわした。ジャックはすでに部屋から出ていっていた。彼女は言った。「それじゃ、火曜日午後二時の緊急審理にリストアップして、各当事者にそう通知してちょうだい。病院には両親に知らせるように指示して。彼らには申立てをする自由があるわ。少年には法的代理権をもつ後見人を指定するように、病院にはあすの午後四時までに証拠を提出するように指示してちょうだい。担当の腫瘍専門医からの証言の提出が必要ね」

一瞬、彼女の頭が空白になった。咳払いをして、彼女はつづけた。「なぜ血液製剤が必要なのか知りたいわ。それから、両親は火曜日の正午までに証拠を提出できるようにできるかぎりの努力をしてほしい」

「ただちにそうします」

彼女は窓辺に歩み寄って、広場を見わたした。なかなか暗くならない六月の薄闇のなか、木々の形がようやく真っ黒な塊になりつつあった。いまのところ、黄色い街灯は歩道をまるく照らし出しているだけだった。日曜日の夜のいま、車の往来はまばらで、グレイズ・イン・ロードやハイ・ホルボーンからの車の音もほとんど聞こえなかった。聞こえるのは弱まった雨垂れが木の葉を打つ音と、近くの排水管からかすかに聞こえる、音楽的なゴボゴボという音だけだった。見ていると、隣人の車が水たまりを神経質に迂回して、低木の下の暗がりに消えていった。ジャックが部屋を出ていったのはべつに気にはならなかった。ふたりのやりとりは耐えがたいほど露骨になろうとしていた。ふたたび中立地帯に、樹木のない荒れ地に、他人が抱える諸問題に引き戻されて、ほっとしていることは否定できなかった。またもや宗教だったが、それなりの慰めもあった。少年はほとんど十八歳であり、法的に自立できる年齢に近いので、いちばん大切なのは本人が何を望んでいるかだろう。

こういう突然の中断に自分が自由になれる可能性を期待したりするのはまともなことではないかもしれない。この街の反対側に、自分のあるいは両親の信仰ゆえに死に直面しているティーンエイジャーがいる。彼女の仕事あるいは務めは少年を救うことではなく、何が合法的で理にかなっているかを判断することだった。できればこの少年にじかに会いたかった。家庭内の泥沼から抜け出し、法廷からも脱出して、一時間か二時間、現場に足をはこんで、この込みいった問題に身を浸し、自分の目で観察したことに基づいて判決をまとめたかった。両親の信念は息子のそれを追認しただけなのかもしれないが、これは息子が拒否できずにいる死刑宣告なのかもしれない。最近では、裁判官が自分自身で答えを見いだそうとするのはきわめて異例なことだった。一九八〇年代なら、裁判官はこのティーンエイジャーを被後見人にして、判事室か病院か自宅で彼に会っただろう。あの当時は、高貴な理想が、古い鎧みたいに傷だらけになり錆びついてはいても、なんとかまだ生き延びていた。裁判官は君主の代理であり、何世紀ものあいだこの国のこどもたちの庇護者だったが、いまではカフカスのソーシャル・ワーカーがその仕事をして報告するのを聞くだけになっている。古いやり方は時間がかかり、非効率的だったが、そこには人間的なぬくもりがあった。いまでは、遅れは少なくなったが、チェック項目は増え、信用するしかないものが多くなった。こどもたちの人生はコンピューターのメモリに、正確ではあるが以前ほど親切にではなく、保存されている。

病院に足をはこぶというのは感傷的な気まぐれであり、窓に背を向けて寝椅子に戻ったとき、彼女はそんな考えは捨て去っていた。苛立たしげにため息をついて腰をおろすと、スタンフォード・ヒルのユダヤ人少女たちと係争の的になっている福祉の問題に関する判決文を取り上げた。最後の数ページの結論部分がふたたび彼女の手のなかにあったが、いますぐ自分の文章を見る気にはなれなかった。自分が事件に関わることの不合理と不適切さを考えて一時的な無力感に襲われたのは、これが初めてではなかった。親がこどものために学校を選ぶというのは罪のない、大切な、ごく月並みで、個人的な問題だが、そこに憎悪に満ちた意見の相違とありあまる金という致命的な混合物がくわわると、それが途方もない事務作業に変質し、あまりにも厖大で重たいので手押し車で法廷に運びこまれるほどの法律文書のファイルになり、何時間にもわたる教育ある人々の論争や、手続きとしての聴取や、決定の遅れになり、そういう空騒ぎがひと塊になって、きちんとつながれていない傾いた熱気球みたいに、司法の階層のなかをゆっくりと上昇していくのだった。両親が合意できなければ、不本意ながら、法廷が決定をくださなければならなかった。彼女は原子力科学者の真摯さと手順厳守の精神で裁判長を務めるだろう。愛ではじまり、憎悪で終わる裁判を行なうことになるだろう。こういう問題は、そっくりソーシャル・ワーカーに引き渡してしまえば、三十分で理にかなう結論が出せるだろうに。

フィオーナは、あの落ち着きのない赤毛の女、ジュディス——事務官によれば、彼女は休憩のたびに、次の一本の煙草を吸うために、大理石の床をダッシュして、裁判所の磨かれた石製のアーチをくぐり、ストランド街に出ていくという――を支持する判決をくだした。こどもたちは母親が選んだ男女共学の学校に引き続き通わせるべきだろう。十八歳になるまでそのまま通わせ、その後は、本人たちが望むなら、高等教育を受けさせてもいいだろう。判決は超正統派ユダヤ教徒の共同体や、長くつづくその尊ぶべき伝統や戒律にも敬意をはらっていた。ただし、法廷は、それがあきらかに真摯に守られてきたことを指摘するのみで、その個々の信条についてはいかなる見解も表明しないと付け加えていた。しかしながら、父親によって招聘された共同体からの証人たちが、彼の裁判を不利にする手助けをした。ある尊敬されている人物は、超正統派の女性は〝安心できる家庭〟を築くことに専念すべきものとされており、十六歳以降の教育は適切ではないと、いかにも得意げに主張した。また別のひとりは、男の子にとっても職業に就くのは例外的なことでしかないと言った。さらに三人目は、学校では純血を保つため男女をはっきり分けるべきだという点を強調しすぎたきらいがあった。こういうすべては、とフィオーナは書いていた、現在主流の親としての慣例や、こどもの大志は伸ばしてやるべきだという一般的な考え方から大きく外れている。この一般的な考え方が、司法的な見地から見て妥当な親の考え方でなければならない。少女たちが父親の閉鎖された社会に戻されれば、母親から切り離されてしまうにちがいないが、その反対の場合には、そうなる怖れはそれほど大きくない、というソーシャル・ワーカーの意見をフィオーナは認めた。

法廷の責務は、他のなによりも、こどもたちが成人になって、どんな人生を送りたいかをみずから決定できるようにすることである。少女たちは父親または母親の宗教的見解を選ぶかもしれないし、それとは別のところに人生の満足を見いだすかもしれない。十八歳に達すれば、彼女たちは両親や法廷の手の届かない存在になる。最後に、フィオーナは父親を軽くたしなめて、いくつかの点を指摘した。ミスター・バーンスタインは女性の法廷弁護士および事務弁護士を使っており、裁判所によって任命されたソーシャル・ワーカー――明敏だがずさんなところのあるカフカスの女性――の豊かな経験の恩恵を被っている。しかも、女性判事の命令に無条件に従わなくてはならないことも知っているはずである。それなのに、なぜ自分の娘が職業に就く機会を奪おうとするのかと。

それで見直しは終わった。訂正箇所はあすの朝早くタイピングされて、最終稿として仕上げられるだろう。彼女は立ち上がって、背筋を伸ばし、ウィスキーのグラスを取り上げて、洗うためにキッチンに持っていった。手の上を流れる湯が気持ちを鎮めてくれた。そうやって一分ほど、ただぼんやりとシンクの前に立っていた。そうしながらもジャックの立てる物音に耳を澄ませてはいたけれど。古びた配管からゴボゴボという音が伝わってくれば、彼が寝支度をしていることがわかる。居間に戻って、明かりを消したが、気がつくとまた窓辺のいつもの位置に引き寄せられていた。

広場を見下ろすと、ネコが避けてとおった水たまりから遠くない場所に、スーツケースを引きずっている夫が見えた。肩には仕事に使うブリーフケースのストラップを掛けている。彼の、いや、彼らの車に達すると、ドアをあけ、後部座席に荷物を押しこんで、エンジンをかけた。ヘッドライトが点灯して、狭い駐車スペースから出るためにハンドルをいっぱいに切ったとき、かすかにカー・ラジオの音が聞こえた。ポップ・ミュージック。ポップ・ミュージックは嫌いなはずなのに。

彼は夜の早い時刻に、彼らが会話をはじめるずっと前に、荷物を詰めておいたにちがいなかった。あるいは、考えられるのは、ベッドルームに退却したときに、半分だけ詰めたのかもしれない。動揺や怒りや悲しみの代わりに、彼女が感じたのはもううんざりだということだった。実際的に行動しよう、と彼女は思った。いますぐベッドに入れば、睡眠薬はとらなくてもすむだろう。いつもたがいにメモを残しているパイン材のテーブルに書き置きがないか見るためではないと自分に言い聞かせながら、彼女はキッチンに戻った。なにもなかった。ドアに鍵をかけて、玄関の明かりを消した。ベッドルームはすこしも乱れていないように見えた。ワードローブのドアを滑らせてあけ、妻らしい目で、彼がジャケットを三着持っていったなと計算した。いちばん新しいのはギーヴズ&ホークスのオフホワイトの麻のジャケットだった。バスルームでは、彼のキャビネットをあけて洗面用具入れの中身をチェックしたい誘惑にあらがった。もう十分にわかっているのだから。ベッドのなかで頭に浮かんだのは、彼が彼女に聞かれないように細心の注意をはらって廊下を通り、こそ泥みたいにそっとドアを閉めたにちがいないということだった。

それさえも彼女が眠りに落ちこむのを妨げるには十分ではなかった。しかし、眠りはすこしも解放にはならなかった。それから一時間ほど、彼女は告発者たちに取り囲まれていた。それとも、彼らは助けを求めていたのだろうか。いろんな顔がひとつに溶け合ったり、分離したりした。耳のないふくれた頭と収縮しない心臓をもつ、双子の赤ん坊のマシューが、ほかの夜もそうだったように、彼女をただじっと見つめていた。レイチェルとノラの姉妹は、なんだか後悔しているような声で彼女を呼び、彼女の――あるいは自分たちのかもしれない――誤りを数え上げた。ジャックがそばに近寄ってきて、最近しわが多くなった額を彼女の肩に押しつけ、哀れっぽい口調で、彼女の務めは彼の選択を将来発展させていくことだと説明した。

六時三十分に目覚ましが鳴ったとき、彼女はがばと跳ね起きて、一瞬、訳がわからずにベッドの空っぽの側を見つめた。それからバスルームに行って、法廷での一日のために支度をはじめた。

2

グレイズ・イン・スクエアから王立裁判所までのいつもの道を歩きだしながら、彼女はできるだけなにも考えないようにした。片手にはブリーフケース、もう一方の手には傘を高く掲げていた。空は陰鬱な緑色で、街の空気が頬に冷たかった。彼女は建物の表玄関から出たが、人なつっこいポーターのジョンには元気よくうなずいて、無用なおしゃべりを避けた。危機に瀕している女のようには見えないことを祈った。空で覚えている曲を頭のなかで奏でて、自分の置かれている状況は考えないようにした。ラッシュアワーのざわめき越しに、彼女が耳を傾けていたのは理想的な自分、バッハのパルティータ第二番を完璧に演奏する、結局はなれなかったピアニストの自分だった。

夏のあいだは、ほとんど毎日雨が降った。街の木々はふくらんで、樹冠が豊かになり、歩道は洗われてすべすべしていて、ハイ・ホルボーンを走る車はショールームのそれみたいにきれいだった。最後に彼女が見たときには、満潮時のテムズもやはりふくれて褐色の濃さを増し、むくれて反抗しているかのように橋脚をよじ登って、いまにも通りにあふれ出しそうだった。しかし、だれもがぶつぶつ言いながらも決然たる足取りで、濡れそぼちながら先を急いでいた。ジェット気流が乱れて、コントロール不可能な要素によって南に押し下げられ、アゾレス諸島からの夏の暖気が遮断されて、北から冷たい空気が流れこんでいた。人為的な気候変動の結果、海氷が解けて高層大気が乱されているせいか、だれのせいでもない太陽黒点の異常な活動のためか、それとも自然な変動、古代からのリズムで、これが地球の宿命なのか。あるいは、その三つのすべてのせいか、そのうちどれかふたつのせいなのか。だが、一日のこんな早朝から、説明や理論が何になるだろう？　フィオーナもロンドンのほかの人々も仕事に行かなければならないのだから。

通りを横断してチャンセリー・レーンを歩きだしたころには、雨がますます激しさを増し、冷たい突風にあおられて斜めから吹きつけるようになった。空はいちだんと暗くなり、凍るような雨滴が足に撥ねかかった。群衆は押し黙り、自分だけの考えにとらわれて早足で歩いていく。ハイ・ホルボーンを行く車の流れが、騒々しい引き止めようのない勢いで、彼女を追い越していった。アスファルトに光るヘッドライトを眺めながら、彼女はふたたび壮大なオープニングに耳を傾けていた。イタリアン・スタイルのアダージョ。ゆったりとした濃密な和声のなかに、かすかにジャズを思わせる響きがある。だが、その曲はすぐジャックに結びつき、逃げだす暇もなかった。なぜなら、彼女がそれを覚えたのは、去年の四月、彼への誕生日プレゼントとしてだったからである。広場には黄昏がせまり、ふたりとも職場から戻ったばかりだった。テーブル・ランプが灯され、彼の片手にはシャンパンのグラス、彼女のグラスはピアノの上に置かれ、彼女は何週間もかけて忍耐強く暗譜したその曲を演奏した。彼はその曲だとわかると感嘆の声をあげ、喜んで、そんな曲を暗譜した離れ業にやさしく大げさに驚いてみせた。最後には、ふたりは長いキスを交わし、彼女が誕生日おめでとうとつぶやくと、彼は目をうるませ、ふたりは切り子のフルートグラスをカチリと合わせたものだった。

かくして自己憐憫のエンジンがかかると、彼女がこれまで彼のために準備したいろんな楽しみが次々と脳裏によみがえり、フィオーナはなす術もなくそれを見守るしかなかった。そのリストは不健康なほど長かった——不意打ちのオペラ、パリやドゥブロブニクへの旅行、ウィーン、トリエステ、ローマでのキース・ジャレット（ジャックはなにも知らされず、簡単な荷物を詰めて、パスポートを持ち、職場から直接空港に行って、そこで彼女と落ち合った）、装飾入りのカウボーイブーツ、刻印入りのヒップフラスク、彼の地質学へのあらたな情熱をたたえて、十九世紀の探検家が使っていた革ケース入りの鉱物採集用ハンマー。五十歳になったときには、彼の第二の青春を祝福して、ガイ・バーカーのものだったトランペット。こういう贈り物は彼女が彼に押しつけた幸せの一部にすぎず、セックスはその一部のさらに一部にすぎなかったし、それができなかったのはつい最近のことでしかなかったが、彼はそれをとてつもなく不当なことのようにあげつらった。

悲哀と積み重なっていく細かい不満の種。彼女のほんとうの怒りはまだこの先に横たわっているのに。捨てられた五十九歳の女。老年期に入ったばかりで、まだ這い方を覚えようとしている幼児みたいなものなのに。チャンセリー・レーンから狭い抜け道をとおってリンカーンズ・インとその入り組んだ建築の壮麗さのなかに入っていきながら、彼女はむりやりまたパルティータに戻った。傘をたたく雨滴のドラミング越しに、軽快なアンダンテの、歩くような速さの、バッハではめずらしい速度記号の、ゆったりとしたコントラバスに乗った美しい屈託のない旋律に耳を澄ました。グレイト・ホールわきを通りすぎるとき、彼女の足音はこの世のものとは思われないその軽やかなメロディと同調していた。その旋律ははっきりとした人間的な意味にたどり着こうとするが、結局、どんな意味をもつこともない。ただ純粋に美しいだけなのだ。それとも、それは愛を意味しているのだろうか。きわめて漠然とした、幅広い意味での愛。すべての人間への、無差別な愛。もしかすると、こどもたちへの愛。ヨハン・セバスチャンは二回結婚して、二十人のこどもをつくった。彼は自分の仕事が愛することや教えることを妨げるのを許しはしなかった。あとに残る者たちに気を配り、彼らのために、こどもたちのために作曲するのを妨げさせなかった。曲がフーガに移っていくと、ふたたび避けがたい考えが心に浮かんだ。この難曲を彼女は夫への愛ゆえにマスターし、間違えることなく全力で、声部の分離に失敗することなく演奏しおえたのだった。

　そう、彼女がこどもを産まなかったのはそれ自体ひとつの遁走《フーガ》であり、――このお馴染みのテーマを彼女はいまは考えないようにしていたのだが――逃亡であり、自分自身の運命からの逃走だった。彼女は――彼女の母が理解していた意味での――女になることに失敗した。どうしてそういうことになったのか。それは二十年にわたってジャックといっしょに奏でてきた、穏やかに反復する対位法のせいだった。不協和音が現れては消えていったが、こどもを産める年齢が過ぎ去りかけて、懸念や恐怖を抱いたときには、いつもそれが現れた。やがてその時期は去ってしまったが、彼女は忙しくてほとんどそれに気づかなかった。

　その経緯をかいつまんで話しておくとすれば――。卒業試験のあと、さらにいくつか試験があり、それから弁護士の資格を取って、実地研修を終え、幸運なことに名高い弁護士事務所に招かれて、初めのころ数件の絶望的な事件の弁護を担当して成功した——こどもを持つのを三十代前半まで遅らせるのは、どんなに分別ある選択だと思われたことか。やがて、その時期が来ると、複雑だがやりがいのある裁判がまわってきて、さらなる成功が積み重なった。ジャックも躊躇していて、さらに一、二年先に延ばそうと主張した。それから、三十代半ばになったときには、彼はピッツバーグで教えており、彼女は毎日十四時間働いていて、甥や姪たちの訪問にもかかわらず、自分の家族という考えがしだいに遠のき、それとともにますます家族法にのめり込んでいった。それから数年すると、早くも裁判官に選ばれるかもしれないという最初の噂が流れ、そうなれば地方を巡回しなければならない可能性が出てきた。しかし、実際には、まだすぐには任用されず、四十代に入ると、高齢出産や自閉症児への不安が噴き出した。まもなく、グレイズ・イン・スクエアへの幼い訪問者、騒々しい甥や姪のこどもたちの訪問が増え、自分のような生活に幼児を押しこむことのむずかしさを痛感するようになった。その後、悔やむような気持ちで養子を取ることを考えたり、多少は実際に問い合わせてみたりもしたが——しだいに加速する歳月のなかで、ときおり疑念に苦しめられたり、深夜に代理母出産を決意しながら、朝仕事に向かうラッシュのなかでやめたりした。そして、やがてある朝の九時三十分に、王立裁判所で首席裁判官によって宣誓させられて忠誠の誓いを立て、二百人の鬘をつけた同僚たちの前で裁判官の就任宣誓を行ない、機知あるスピーチの種にされる法服をまとって彼らの前に誇らしげに立つことになり、彼女はこれで万事休すだと悟った。かつてキリストの花嫁になった女たちがいたように、彼女は自分の人生を法に捧げるしかないと覚悟を決めたのである。

彼女はニュー・スクエアを横切って、ワイルディ書店に近づいた。頭のなかの音楽は消えていたが、いまやお馴染みのテーマである自責の念が渦巻いていた。自分は利己的で、つむじ曲がりで、心の乾ききった野心家だった。自分自身の目的を追求しながら、本質的には自分の欲求の満足のためにキャリアを積もうとしているわけではないと思いこんで、二人か三人の温かい、才能のある人間を存在させることを拒否してきた。自分のこどもたちが生まれていたとしたら、生まれなかった可能性を考えるのはショックだったろう。そういうわけで、いま、彼女はその罰を受けていた。良識ある大人になったこどもたちもなしに、ひとりでこの破局に直面しなければならないのだから。心配して、電話してきて、仕事を休んで集まってきて、キッチンのテーブルで緊急集会をひらき、愚かな父親に分別を取り戻させ、連れ戻してくれるこどもたちはいなかった。しかし、たとえそうなっていたとしても、彼女は夫を受けいれられただろうか？　こどもたちは彼女にも分別を説かなければならなかっただろう。ほとんど存在していたかもしれないこどもたち。ハスキー・ボイスの娘は、たぶん美術館の学芸員かなにかで、才能はあるが腰の落ち着かない息子は、なんでもできすぎるせいか、大学を中退してしまったが、母親よりはるかにすぐれたピアニストで、ふたりともむかしから愛情豊かで、クリスマスや夏休みの城では輝くような存在で、親類の年下のこどもたちを楽しませていただろうけれど。

ショーウィンドウの法律書には目もくれずに、彼女はワイルディ書店の横の通路を抜け、ケアリー・ストリートを横断して、裁判所の裏口に入っていった。円天井の廊下を通り、もうひとつおなじような廊下を通り抜けて、階段をのぼり、いくつかの法廷の前を通りすぎ、ふたたび下に降りて、中庭を横切り、階段の下で立ち止まって傘の雨滴を切った。ここの空気はいつも学校を思い出させる。冷たく湿った石の匂いあるいは感触、不安と興奮でかすかにぞくっとする感じ。エレベーターは使わずに階段をのぼった。赤い絨毯を重い足取りで右に曲がると、広いホールがあり、そこに面していくつもの高等法院裁判官の部屋のドアが並んでいる――降臨節《アドベント》カレンダーみたいだ、と彼女はときおり思う。広々とした、書物に囲まれた、それぞれの部屋では、日々、同僚たちが担当する事件に、公判に没頭し、さまざまな細目や意見の相違の迷路にはまり込んでおり、かろうじて気を抜けるのはある種の冗談や皮肉を言うときくらいだった。彼女が知っている裁判官の大半はなかなか繊細なユーモアのセンスの持ち主だったが、幸いなことに、けさは彼女を笑わせようとする者の姿は見えなかった。たぶん、彼女が一番乗りだったのだろう。家庭内の嵐ほど人を早々とベッドから追い出すものはないのだから。

彼女は部屋に入ったところで立ち止まった。礼儀正しくいつもためらいがちなナイジェル・ポーリングが彼女の机の上にかがみこんで、書類を並べていた。そのあとには、いつもの月曜日のように、たがいの週末についての儀礼的なやりとりがあった。彼女の週末は〝穏やか〟だった。そう言いながら、彼女はバーンスタイン事件の判決文の校正済みの草稿を手渡した。

本日の業務。十時に予定されているモロッコ人事件では、法廷に約束していたにもかかわらず、父親が少女を当裁判所の管轄内からラバトに連れ出したことが確認された。少女の居場所についての報告はなく、父親からはなんの連絡もないため、担当弁護士は途方にくれている。母親は精神科医の治療を受けているが、出廷する予定である。運よく、モロッコはハーグ条約に署名しているただひとつのイスラム国家なので、この条約の適用を求めていく意向である。そういうすべてをポーリングは、まるで自分が誘拐者の兄弟ででもあるかのように、弁解するような早口で、神経質な手で髪を梳きながら報告した。哀れな蒼白い女性は、痩せぎすの大学教師で、法廷に坐っているあいだじゅう震えていたが、ブータンの歴史物語の専門家で、一人っ子の娘を熱愛していた。しかし、父親もまた、常道を外れたやり方ではあるが、娘を熱愛しており、不信心な西欧の諸悪から娘を救い出そうとしているのだった。

その日のそのほかの業務については頭のなかですでにすっきり整理できていた。自分の机に歩み寄りながら、彼女はエホバの証人の件について尋ねた。両親は法律扶助の緊急申請を行なうことになっており、午後には証明書が発行されるはずだった。少年はめずらしいタイプの白血病にかかっている、と事務官は彼女に説明した。

「少年ではなく、名前を呼ぶことにしましょう」と彼女は歯切れよく言ったが、その口調が自分自身を驚かした。

彼女からプレッシャーをかけられると、ポーリングは決まってふだんより滑らかな口調になり、ちょっぴり皮肉っぽくなることさえあるのだが、いま、彼は彼女が必要とする以上の情報を提供していた。

「そうですね。アダムです。アダム・ヘンリ。一人っ子です。両親の名前はケヴィンとナオミ。ミスター・ヘンリは小さな会社を経営しています。基礎工事とか、排水工事とか、そういうものをやる会社です。掘削機の運転の名人らしいです」

自分の机に二十分いたあと、彼女はホールに引き返して、そこを横切り、廊下をたどって、壁の窪みにコーヒー・マシーンが収まっている場所へ行った。焙煎されたコーヒー豆がカップからこぼれ出ているハイパーリアルなイメージがガラスに描かれ、それが内側から照らし出されている。茶色とクリーム色、壁の窪みの暗がりのなかでまるで彩色写本みたいに鮮やかだった。カプチーノのエクストラ・ショット。もうひとつショットを足そうか。この場ですぐに飲みはじめたほうがいいだろう。ここなら、だれにも邪魔されずに、いままさに見知らぬベッドから起き出して、出勤の支度をしているジャックの、胸のむかつくような姿を想像できるから。かたわらには深夜までたっぷりもてなされ、まだ半ばまどろんでいる肢体。べとつくシーツのなかでもぞもぞしながら、彼の名前をつぶやいて呼び戻そうとする。かっと頭に血が上った勢いで、彼女は携帯を取り出し、スクロールしてグレイズ・イン・ロードの錠前屋の番号に電話をかけ、四桁の暗証番号を言って、錠を取り替えるように指示した。かしこまりました、マダム、ただちに。現在の錠についての詳細な情報は彼らが保有していた。新しい鍵はきょうじゅうにストランド街に届け、それ以外のところにはけっして渡さないように。そのあと、空いているほうの手に熱いプラスチック・カップを持ったまま、自分の気が変わるのを怖れて、彼女はすばやく事を進めた。不動産管理会社の副主任、ぶっきらぼうだが人のいい男を呼び出して、自宅に錠前屋が行くことになっていることを知らせたのである。そんなふうにして、彼女は意地悪をしたのだが、意地悪するのが気持ちよかった。彼女を捨てた代償がなければならず、それがこれ、追放されることであり、以前の生活を取り戻したければ嘆願しなければならなくなることだった。彼にふたつの住所をもつという贅沢を許すつもりはなかった。

カップを持って廊下を戻っていくときすでに、彼女は自分のばかげた不法行為に疑問を抱いていた。出入りする権利をもつ夫の妨害をするのは、破綻した結婚生活の常套手段だったが、これは法廷からの命令がないかぎり、事務弁護士が依頼人――たいていは妻――にやらないように指示することのひとつだった。喧嘩騒ぎやアドバイス、さらには判決からも超然とした職業生活を送ってきて、陰では離婚するカップルの悪意やばかげた振る舞いを高所から論評していたのに、いまや彼女はその他大勢とおなじ場所に突き落とされ、暗澹たる潮に押し流されているのだった。

そういう考えはふいに中断された。角を曲がって広いホールに出たとき、シャーウッド・ランシー裁判官が自室の入口に立ち塞がって、彼女を待ちかまえていたからである。芝居によく出てくる悪党を真似て、なにか言いたいことがありそうに、揉み手をしながらニヤニヤしている。彼は裁判所関係の最新ニュースの目利きで、情報はたいていは正確であり、それを人に伝えるのを楽しみにしていた。彼女にとっては、できれば避けたい数少ない——たぶんただひとりの——同僚だったが、それは人柄が好きになれないからではなかった。実際のところ、彼はむしろ人好きのするタイプで、余暇のすべての時間をずっと以前にエチオピアに創設した慈善事業に捧げていた。しかし、彼の顔を見ると、フィオーナはどうしてもあることを思い出して困惑せずにはいられなかった。彼が四年前に審理したある殺人事件。それはいまだに考えるのもおぞましく、ふれないでいるのも苦痛だが、そうせざるを得ない事件になっていた。それもこのすばらしい小世界——日頃からたがいにミスを許しあっている小世界、ときにはだれもが自分の判決を控訴院で完膚なきまでにひっくり返され、法解釈について叱責を受けるこの小世界——の内側で、ひとつの村の内部でそうなっていたのである。しかし、これは近代における裁判の最大の失策のひとつだった。それがシャーウッドだったのである！　数学的に無知な専門家証人を前にして、彼はいつになくそれを真に受け、不信と反感が広がっていたにもかかわらず、無実の母親をこどもたちを殺した罪で刑務所に送りこんだのだ。彼女は同房者に苛められ襲われて、タブロイド新聞には悪魔として扱われ、最初の控訴を棄却された。のちに、当然そうされるべきだったが、ようやく釈放されると、彼女は酒に溺れるようになり、そのせいで命を落とすことになった。

この悲劇の元凶になった奇怪な論理について考えはじめると、フィオーナはいまでも夜眠れなかった。乳幼児突然死症候群でこどもが死亡する確率は、法廷では九千分の一だといわれた。したがって、ふたりの兄弟が死ぬ確率はこの数字にそれ自体を掛け合わせた数字になる、と検察側の専門家は主張した。すなわち、八千百万分の一である。ほぼありえない数値だった。したがって、母親が手をくだしたにちがいないというのだった。法廷の外の世界は驚愕した。もしもこの症候群の原因が遺伝的なら、こどもたちはそれを共有していたはずであり、もしも環境的な原因だとすれば、彼らはそれも共有していたはずで、もしもその両方なら、両方とも共有していたことになる。しかも、それと比較して、安定した中流家庭のふたりの赤ん坊が母親によって殺される確率はどのくらいだというのだろう？　しかし、憤激した確率論の専門家や統計学者や疫学者が裁判に参加することはできなかった。

適法手続に幻滅したときには、このマーサ・ロングマン事件とランシーの失策を思い出して、たとえフィオーナがどんなに法律を愛していたとしても、法律は最悪の場合、ロバにではなく蛇に、しかも毒蛇になるということを確認するだけでよかった。すこしも助けにはならなかったが、ジャックはこの事件に興味を示し、自分の都合のいいときに、つまり、ふたりの関係がうまくいっていないときには、彼女の職業や彼女がそれに関わっていることを大声でくさした。まるで彼女自身がその判決文を書いたかのように。

しかし、ロングマンの最初の控訴が棄却されたあと、だれが裁判所を弁護できただろう？　この事件は初めからでっち上げだった。病理学者は、これはあとからあきらかになったのだが、ふたりめのこどもについて強い病原性の細菌感染の決定的証拠をどういうわけか伏せていた。警察と検察庁は不合理にも有罪にすることに躍起になり、医学界はその代表の証言によって不名誉を被り、そういうシステム全体が、この軽率な専門家の集団が、ひとりのやさしい女性を、ひとりの尊敬されている建築家を迫害と絶望と死に追いやったのだ。乳児の死因に関する何人かの医学の専門家証人の矛盾した証言を前にして、法の執行者は愚かにも疑念や不確実さを差しおいて有罪判決を選んだ。ランシーがきわめて好ましい人物であることはだれもが認めるところであり、有能な骨身を惜しまない裁判官であることも記録からあきらかだった。しかし、このときの病理学者と医師がもとの職場に復帰したと聞いたとき、フィオーナはもはや我慢ができなかった。この事件は彼女の胸をむかつかせた。

ランシーが片手を挙げて挨拶しており、彼女は立ち止まって、愛想を言わないわけにはいかなかった。

「やあ」

「おはよう、シャーウッド」

「スティーヴン・セドリーの新刊ですばらしいやりとりを読んだんだが、きみにぴったりだと思ってね。マサチューセッツの裁判からだが。かなりしつこい反対尋問者が病理学者に、解剖をはじめる前に、ある患者が死んでいたと絶対的に確信できるのかと質問すると、病理学者は絶対的に確信できると答えた。おお、しかし、どうしてそんなに確かだと言えるのか？　なぜなら、彼の脳は机の上の広口瓶のなかに入っていたからだ、と病理学者は答えた。しかし、と反対尋問者は訊いた、それにもかかわらず、その患者はまだ生きていたかもしれないのではないか？　そうですな、という答えが返ってきた、彼はまだ生きていて、どこかで弁護士をやっていたかもしれません」

自分の話がいかにも面白そうに笑いだしながらも、彼はじっと彼女の目を見て、彼女も自分とおなじくらい面白がっているかどうか見定めようとしていた。彼女はできるかぎりの努力をした。法曹界を皮肉るジョークほど法曹関係者に好まれるものはないのだから。

ようやく、いまや生ぬるくなったコーヒーを持って机の前に腰を落ち着けると、彼女は管轄外に連れ出されたこどもの件について考えはじめた。部屋の反対側でポーリングが咳払いして、なにか言いたそうにしていたが、気づかないふりをしていると、彼は考えなおして姿を消した。彼女は提出書類にむりやり注意を集中して、かなりのスピードで読みはじめたが、そうしているうちに自分の心配事も消えた。

十時になり、彼女が法廷に入っていくと、一同が起立した。ハーグ条約を通じてこどもを取り戻そうとしている、悲嘆にくれた母親の弁護士に耳を傾けた。モロッコ人の夫側の弁護士が立ち上がって、自分の依頼人が請け合った内容に曖昧なところがあったことについてフィオーナを納得させようとしはじめると、彼女はそれをさえぎった。

「あなたはあなたの依頼人の代わりに赤面するのではないかと思っていたんですがね、ミスター・ソームズ」

この問題には厳密な法解釈が要求され、集中力が必要だった。ほっそりした体格の母親はなかば弁護士のかげに隠れていたが、議論が抽象的になるにつれて、さらに萎んでいくように見えた。

この審理が終われば、フィオーナは二度と彼女を見ることはないだろう。この悲しい事件はモロッコの裁判所で争われることになるはずだった。

次いで、フィオーナが審理したのは、離婚訴訟中の扶助料支払いを求める妻からの緊急申請だった。裁判官は訴えを聞き、質問をして、許可を与えた。昼食時には、彼女はひとりになりたかった。ポーリングが彼女のサンドイッチとチョコレート・バーを持ってくると、彼女は自分のデスクでそれを食べた。携帯は書類の下に埋もれたままにしておいたが、最後には誘惑に負けて、メッセージや出られなかった電話がなかったかをチェックせずにはいられなかった。なにもなかった。がっかりしたわけでも、ほっとしたわけでもない、と自分に言い聞かせた。お茶を飲んで、十分だけ新聞を読むことにした。ほとんどがシリア関係の記事で、現地報告やぞっとする写真ばかりだった。政府軍が民間人を砲撃しており、道路には避難民があふれ、世界中の外務大臣が無力な非難声明を出していた。八歳の少年が左足を切断されてベッドに横たわり、弱々しい顎をした蒼白いアサドがロシア人将校と握手しており、神経ガスの噂が流れていた。

ほかの場所でもはるかに悲惨なことが起こっていたが、昼食のあと、彼女はまた手近な惨事のほうに戻った。夫婦の家から夫を排除する一方的な命令の申請については、彼女は否定的だった。口頭弁論が長引いて、フクロウみたいな弁護士の神経質なまばたきが彼女を苛立たせた。

「あなたはなぜ通告なしにこれをしようとしているのですか？　提出書類にはそれを必要とするものはなにも見当たりませんが。あなたは相手方とどんなふうに意思疎通をはかったのですか？　わたしが理解しているかぎり、まったくしていませんね。もしも夫が進んであなたの依頼人に確約するなら、ここでわたしを煩わせる必要はないはずです。もしも彼がそうしないなら、通告してください。そのあとで、わたしは両者の言い分を聞くことにします」

審理は終了し、彼女は大股で法廷を出ていった。それから、また戻ってきて、こんどは前妻のボーイフレンドからの暴力を怖れている男のための禁止命令に関する賛否両論の主張を聞いた。ボーイフレンドの前科が大きく取り上げられていたが、それは暴行ではなく詐欺に関するものであり、彼女は最終的にはその申請を却下した。相手側から確約を取れば十分なはずだった。自室でお茶を一杯飲んで、それからまた法廷に戻り、離婚する母親からの、三人のこどものパスポートを裁判所に預けるための緊急申請の審理に戻った。フィオーナは受理する気になっていたが、事態が悪化し紛糾する可能性についての議論を聞いたあと、却下した。

五時四十五分に自室に戻ると、デスクの前に坐って、ぼんやりと書棚を眺めていた。ポーリングが入ってきたとき、ギクリとしたので、居眠りをしていたのかもしれない。彼はエホバの証人の事件に対するマスコミの関心が高まっていることを知らせた。ほとんどの新聞があしたの朝刊でそれを取り上げるはずで、新聞社のウェブサイトには、少年と家族の写真が掲載されているという。おそらく両親が提供したか、さもなければ、手っ取り早く金が欲しかった親類かもしれない。事務官はフィオーナにその事件の書類と一通の茶封筒を渡したが、封筒をあけるとき、怪しげなチャリンという音がした。失望した原告からの手紙爆弾か？　そういうことがすでにあったが、憤激した夫が不器用に組み立てたその装置は、彼女の前でも事務官の前でも不発に終わった。いや、そうだった、新しい鍵だった。彼女のもうひとつの人生、生まれ変わった彼女への扉をひらく鍵。

というわけで、半時間後、彼女はそこへ向かったが、わざわざ回り道をしたのは人気《ひとけ》のないアパートメントに入っていくのは気が進まなかったからである。表玄関から出て、ストランド街を西のオールドウィッチに向かい、それから北に折れてキングズウェイを歩いていった。空は軍艦色のグレイで、雨は降っているのがほとんどわからないくらい。月曜日のラッシュの人混みはいつもより少なめだった。どうやらまたもや長すぎる、低く雲が垂れこめた、仄暗い夏の夜になりそうだった。真っ暗な闇のほうがいまの彼女にはふさわしかったのだが。合い鍵屋の前を通ったとき、思わず胸がドキドキした。ロックアウトについて、広場の雨垂れのしたたる木の下で、ジャックと向き合って口論している場面が目に浮かんだ。それは同僚たちの耳に入るだろうし、彼女に全面的に非があることになるにちがいなかった。

東に曲がって、ロンドン・スクール・オヴ・エコノミックスの前を通り、リンカーンズ・イン・フィールズの縁をまわって、ハイ・ホルボーンを横断した。それから、さらに家への到着を遅らせるため、また西に向かって、ヴィクトリア朝中期の職人の工房――といっても、いまでは理容店や貸しガレージやサンドイッチバーになっている――が立ち並ぶ狭い通りに入っていった。レッド・ライオン・スクエアを横切って、パーク・カフェのだれもいない濡れたアルミの椅子やテーブルのかたわらを通り抜け、コンウェイ・ホールの前を通りすぎた。開場を待つ人たちの小さな群れ。きちんとした身なりの、白髪の、悩み疲れた人々。現状に抗議する夕べに参加するクエーカーかもしれない。そういえば、彼女にもやはり似たような夕べが待っていた。しかし、法曹界とその歴史的蓄積のすべてに属しているかぎり、それは現状により近いものにならざるをえなかった。たとえ抵抗したり否定したりするとしても。グレイズ・イン・スクエアの玄関の磨かれたウォールナットのテーブルには、半ダース以上のエンボス加工を施された招待状が置かれていた。法曹院、大学、慈善団体、各種の王立協会、著名な知人がジャックとフィオーナのメイ夫妻に、長年のあいだにひとつのミニチュア団体みたいなものになったこの夫妻に、盛装して公衆のなかに歩み出て、その会に重みをくわえ、食べて、飲んで、話をして、十二時前に自宅に戻ることを要求しているのだった。

セオボールズ・ロードをゆっくりとたどって、依然として帰宅する瞬間を遅らせながら、自分が失ったのは愛というよりはむしろ近代的なかたちでの体面なのではないか、自分が怖れているのは、フローベールやトルストイの小説みたいに、軽蔑や陶片追放《オストラシズム》ではなく、憐れみなのではないか、と彼女は考えていた。世間に憐れまれる対象になるのも一種の社会的な死にちがいない。お定まりの役柄を演じているところを見つかるのは、道徳的退廃というよりは趣味の悪さの証拠だろう。腰の落ち着かない夫は最後のチャンスに賭け、殊勝な妻は威厳を保ち、若い女は遠方にいて非難すべきところはない。自分が演技をする時代は、恋に落ちる前に、夏の芝生で終わったと思っていたのに。

結局、実際には、家に帰るのはそんなにむずかしいことではなかった。彼女はときおりジャックより先に仕事から戻ることがあったし、玄関の暗がりとそのラベンダー・ポリッシュの香りのなかに入っていって、なかばなにも変わっていないかのような、万事うまく収まっているかのようなふりをしていると、驚いたことに、すっと神経が鎮まった。明かりを点ける前に、バッグを置いて、耳を澄ました。夏の寒さがセントラル・ヒーティングを稼働させており、いまはラジエーターが冷えていく不規則にチリチリいう音がしていた。階下からかすかにオーケストラの音楽が聞こえる。マーラー、〈ゆっくりと安らかに《ラングザーム・ウント・ルーイッヒ》〉。それほどかすかではないが、ウタツグミが物知り顔にひとつひとつの装飾句を繰り返す声が、暖炉の煙道を通じてはっきりと伝わってきた。バッグを取りに玄関に戻ったとき、錠前屋が訪れた痕跡をまったく残していないことに気づいた。木の削りクズひとつ落ちていない。錠のシリンダー部分を取り替えただけなのだから、べつにおかしくはなかったし、そもそもどうしてそんなことを気にしなければならないのか？ しかし、だれも訪れた形跡がないことがジャックの不在を思い出させ、それでちょっぴり気持ちが沈んだ。それを相殺するために、書類をキッチンに持ちこんで、ヤカンのお湯が沸くまで、翌日の公判書類に目を通した。

三人の友だちのうちのだれかに電話することもできた。だが、いまの状況を説明している自分の声を聞いて、それを確たる現実にしてしまうことには耐えられなかった。同情やアドバイスにはまだ早すぎた。忠実な親友たちがジャックを断罪する声を聞くのは早すぎた。その代わり、彼女は空虚な状態で、感覚が麻痺したような状態で夜を過ごした。パンとチーズとオリーブに一杯の白ワイン。それから、いつ果てるとも知れぬ時間をピアノの前で過ごした。まず、挑むような気持ちで、バッハのパルティータを通して弾いた。彼女はときおり法廷弁護士のマーク・バーナーと歌曲を演奏する。その日の午後、翌日のエホバの証人の事件で病院側の弁護人として、彼の名前がリストアップされているのを見た。次のコンサートは数カ月先、クリスマスの直前に、グレイ法曹院のグレイト・ホールでひらくことになっていた。演奏曲目はまだこれからだったが、アンコール用に暗譜している曲がいくつかあり、彼女はそれを演奏していった。彼のテノールのパートを想像しながら、シューベルトの物悲しい〈辻音楽師《デア・ライエルマン》〉を長々と演奏した。貧しく、うらぶれて、だれからも無視されて、ハーディ・ガーディを演奏する音楽師。そうやって演奏に集中していると、なにも考えずにいられたので、時間の経つのがわからなかった。ようやくピアノの椅子から立ち上がったときには、膝と腰がこわばっていた。バスルームで睡眠薬を半錠だけかじり、手のひらのなかのギザギザになった残りをじっと見つめたが、結局その残りも飲みくだした。

二十分後、彼女はベッドの自分の側に横たわって目をつぶり、ラジオのニュースを、海上気象予報を、国歌を、それからBBCワールドサービスを聴いた。忘却の淵に引きこまれるのを待つあいだに、ニュースがふたたび繰り返され、さらに三度繰り返されて、そのあと平静な声がきょう一日の残虐行為を解説した——パキスタンやイラクの公共の場所の人混みでの自爆テロ、シリアでの住宅地域への砲撃、ねじくれた車体や瓦礫、市場で飛び散る体の断片、ショックと悲しみで号泣するふつうの人々を道具にして遂行されるイスラム同士の戦い。それから、さらにその声はパキスタン西部のワジリスタンへのアメリカの無人機の投入や、先週の結婚式への血なまぐさい襲撃についてもふれた。その理性的な声が夜のなかに流れ出ていくのを聴きながら、彼女は体をまるめて切れ切れ切れの眠りに落ちていった。

午前中はほかの無数の日とおなじように過ぎていった。申立てや提出書類は迅速に消化され、弁論が聞かれ、判決が下され、命令が発令されて、フィオーナは自室と法廷のあいだを移動し、その途中で同僚たちに出くわしたが、彼らとの素早いやりとりにはちょっぴり浮かれたところさえあった。書記官の「ご起立ください」という気怠い声がひびき、最初の弁護士に向かって彼女がかすかにうなずき、彼女のときおりのちょっとしたジョークに双方の弁護士たちは本心からでないことを隠そうともしない愛想笑いを浮かべたが、訴訟当事者たちは、それが離婚するカップル——この火曜日の午前は全員がそうだった——の場合には、遠く離れてそれぞれの代理人の背後に陣取って、とても笑みを浮かべる気分にはなれないという顔をしていた。

では、彼女の気分は？　自分の気分を観察しそれに名前を付けることには熟達しているつもりだったが、かなり大きな変化があることに気づいていた。きのうはショック状態に陥っていたのだろう、と彼女はいままでは考えていた。だから、非現実的な、なんでも受けいれてしまう状態になり、最悪の場合、家族や友人たちの憐れみや——自分の困惑を隠しておきたいのに、エンボス加工の招待状を断らなければならないという——社交上のかなりの不都合を耐え忍ばざるをえないだろうと覚悟していた。けさ、ベッドの左側が冷たいまま——一種の切断手術を受けたようなものだ——目を覚ますと、彼女は初めて型どおりに、捨てられた胸の痛みを感じた。いちばんよかったときのジャックが目に浮かび、彼が、彼の向こう脛の毛むくじゃらの骨っぽい硬さが恋しくなった——目覚まし時計が一度目の攻撃をしかけてくると、彼女はなかばまどろみながら、自分の柔らかい足の裏でそこをさすり、彼のひろげた腕のなかに転がりこんで、羽布団の温もりの下でまだうとうとしながら、彼の胸に顔を埋めて、時計の二回目の音を待ったものだった。起きだして大人の鎧を身にまとう前に、裸のまま、こどもみたいに身をゆだねられなかったことで、彼女は朝いちばんに、なにか大切なものから追放されてしまったように感じた。バスルームのなかに立って、パジャマを脱ぎ捨てると、全身鏡のなかの自分の体が愚かしいものに見えた。ある部分は不可思議なくらいしぼみ、別の部分はふくらんでいた。なんとばかげたシロモノであることか。壊れもの、天地無用。だれがこんなものを捨てないでいられるだろう？

顔を洗って、服を着て、コーヒーを飲み、メモを残して、お掃除の女性のために新しい鍵の準備をすることで、そういう剝きだしの感情はなんとかコントロールできたので、彼女は朝の活動をはじめた。夫からのEメールかメッセージが来ていないかチェックしたが、なにもなかった。書類と傘と携帯を持って、徒歩で職場に向かった。彼の沈黙は無慈悲であり、ショックだった。彼女が知っていたのは、統計学者のメラニーはマズウェル・ヒルの近くに住んでいるということだけだった。住所を突き止めるのは不可能ではなかったし、大学でジャックを捜すこともできるだろう。だが、なんという屈辱か。学部の廊下を愛人と腕を組んで近づいてくる彼を見つけたりするのは。あるいは、ひとりでいる彼を見つけたとしても。戻ってきてほしいと無用かつ不名誉な嘆願をする以外に何ができるというのか？　結婚生活を放棄したことを明言させようとしても、彼はすでに彼女が知っていることを言うだけだろうし、そんなことは聞きたくもなかった。だから、いずれなにかの本かシャツかテニスラケットが、彼を鍵のかかったアパートメントに引き寄せるまで待つつもりだった。そのときには、彼のほうが彼女を捜さなければならなくなり、話し合いをするにしても、彼女は自分の土俵で、少なくとも外見的には、体面を失わずにできるだろう。

そうは見えなかったかもしれないが、火曜日のリストをこなしにかかったとき、彼女は気分が重かった。午前中の最後の事件は、商法に関する複雑な弁論で長引いた。離婚する夫は、妻に対して支払うように命じられた三百万ポンドが自分のものではないので引き渡せないと主張した。それは彼の会社のものだという。しかし、徐々に――あまりも遅すぎたが――あきらかになったのは、彼がただひとりの取締役であり従業員であるその会社は、なにもしておらず、税金対策上有利なペーパーカンパニーにすぎないことだった。フィオーナは妻の側に有利な判決をくだした。午後はエホバの証人事件における病院側の緊急申請に専念できることになった。ふたたび自室に戻ると、彼女は自分の机でサンドイッチとリンゴを食べながら、提出書類に目を通した。彼女の同僚たちはそのあいだ、リンカーンズ・インですばらしい昼食を取っていたのだが。四十分後、第八号法廷に向かう彼女の頭にあったのは、ひとつの明確な考えだけだった。これは生きるか死ぬかの問題だということである。

彼女が入廷すると、全員が起立した。席に着くと、彼女は腰をおろそうとしている両当事者を見下ろした。彼女の肘のそばにはクリーム色の用紙が何枚か積み重ねられており、彼女はその横にペンを置いた。自分が置かれている状況の痕跡が、その染みがすっかり消えたのは、そのきれいな用紙を見たときだった。彼女にはもはや私生活はなく、この審理にすべてを集中する準備ができていた。

彼女の前には三組の当事者が並んでいた。病院のためには、彼女の友人のマーク・バーナー勅選弁護士とふたりの委託事務弁護士。アダム・ヘンリとその後見人になっているカフカスの担当者のためには、ジョン・トヴィーというフィオーナの知らない年配の弁護士とその委託事務弁護士。両親のためには、もうひとりの勅選弁護士、レズリー・グリーヴとふたりの事務弁護士。彼らの隣に坐っているのがヘンリ夫妻だった。ミスター・ヘンリは痩せ型だが強靭そうな、色の浅黒い男で、仕立てのいいスーツにネクタイを締めたところは、成功した法曹界のメンバーと言っても通りそうだった。ミセス・ヘンリは骨太で、赤いフレームの特大サイズの眼鏡をかけているので、目が小さい点みたいに見えたが、背筋をぴんと伸ばして坐り、ギュッと腕を組んでいた。ふたりともとくにおどおどしてはいなかった。外の廊下にはまもなく報道陣が詰めかけて、判決を聞くために入廷を許可されるのを待つことになるだろう。

彼女はこう切りだした。「本件がきわめて緊急性の高い問題であることはみなさんのだれもがご承知だと思います。時間がとても貴重です。どうかこのことを心に留めて、発言は簡潔かつ適切にお願いします。では、ミスター・バーナー」

彼女は彼のほうに頭をかしげ、彼が立ち上がった。ツルツルのはげ頭で、恰幅がよく、そのわりには足が小さいので――サイズ5だという噂だった――、陰ではそれをばかにされていた。声はなかなか豊かなテノールで、ふたりの最大の見せ場は、去年、ゲーテを熱愛する常任上訴貴族の退職に際して、グレイ法曹院のディナーでシューベルトの〈魔王《デア・エルルケーニッヒ》〉を演奏したときだった。

「わたしは実際簡潔にするつもりです、裁判長。というのも、ご指摘のように、いまや緊急を要する状況になっているからであります。本件の申請者はウォンズワースのイーディス・キャヴェル総合病院で、書類上ではAと名づけられている、十八歳まで三カ月足らずの少年を治療するため、本法廷の許可を求めているものです。五月十四日に、学校のクリケット・チームのためバッティングをはじめようとしてパッドを付けているとき、彼は腹部に鋭い痛みを感じました。つづく二日間に、その痛みは激しくなり、耐えがたいほどになりました。掛かりつけの医師は、経験と専門知識が豊かだったにもかかわらず、困惑して、病院に……」

「わたしは書類を読みました、ミスター・バーナー」

弁護士は先をつづけた。「それでは、裁判長、アダムが白血病を患っていることはすべての当事者が認めているものと思います。病院は四種類の薬を用いる通常の方法で彼を治療したいと考えております。これは血液専門医によって行なわれる治療法ですが、これが一般に広く認められている証拠を挙げるとすれば――」

「その必要はありません、ミスター・バーナー」

「わかりました、裁判長」

バーナーは従来からの一般的な治療の流れの概要をかいつまんで説明しはじめたが、今度はフィオーナは口を挟まなかった。四種類の薬のうちふたつはじかに白血病細胞を標的にするが、他のふたつはその過程でかなりの毒性作用があり、とりわけ骨髄が影響を受けるため、体の免疫システムと赤血球、白血球および血小板をつくる能力が衰える。したがって、治療中に輸血を行なうのが通例である。しかしながら、今回の場合、病院はそうすることをできずにいる。アダムとその両親はエホバの証人の信徒で、血液製剤を体内に入れるのはその信仰に反するからである。それを別にすれば、少年と両親は病院が申し出たどんな治療にも同意している。

「それで、これまでにどんな治療が行なわれているのですか？」

「裁判長、家族の希望を尊重して、これまでは白血病そのものに対する投薬だけが行なわれていますが、それでは十分ではないと考えられています。いまから、ここに血液専門医を呼びたいと思います」

「けっこうです」

ミスター・ロドニー・カーターが証言台に立って、宣誓をした。背が高く、猫背で、厳めしい顔つきをしており、真っ白な太い眉の下から猛烈に軽蔑している目でにらみつけた。淡いグレイのスリーピースの胸ポケットから、青いシルクのハンカチが突き出ている。法廷での手続きなどばかげた戯言でしかなく、少年は襟首をつかんで引きずっていってでも、ただちに輸血すべきだと考えているようだった。

つづいて、カーターの資格証明、その経験の長さと最上級医であることを確認する標準的な質疑が行なわれた。フィオーナが軽く咳払いすると、バーナーはその意を察して話を先に進め、裁判長のために患者の状態を要約するようにこの医長に要請した。

「まったくよくありません」

もっと詳しい説明が求められた。

カーターはすっと息を吸いこんで、あたりを見まわし、両親に目を留めたが、視線をそらした。患者は弱っている、と彼は言った。そして、予想どおり、息切れの最初の兆候が現れている。もしも彼、カーターが自由に治療できるなら、八〇から九〇パーセントの確率で完全寛解する見込みがあるが、現在のやり方では、その可能性ははるかに低くなっている。

バーナーはアダムの血液に関する具体的なデータを尋ねた。

少年が入院したとき、ヘモグロビン量は八・三グラム／デシリットルだった、とカーターは言った。基準値は一二・五くらいである。それから徐々に確実に減少しており、三日前には六・四になり、けさは四・五だった。これが三以下になると、きわめて危険な状態になる。

マーク・バーナーは別の質問をしようとしたが、カーターはそれをさえぎるようにしてつづけた。

「白血球数は通常は五〇〇〇から九〇〇〇／マイクロリットルだが、いまでは一七〇〇になっています。さらに、血小板数は――」

フィオーナが発言をさえぎった。「それがどんな働きをするものか思い出させてくださいますか？」

「血液の凝固のために必要なものです、裁判長」

基準値は二五万／マイクロリットルだが、少年の数値は三・四万になっている、とこの専門医は法廷に説明した。これが二万以下になると、特発性出血のおそれがある。その時点で、ミスター・カーターはちょっと弁護士から顔をそむけたので、両親に直接言っているかのように見えた。「最新の分析によれば」と彼は重々しい口調で言った。「新しい血液がまったく造られていないことがあきらかになっています。健康な若者なら、一日に五千億の血球を造っているはずなのですが」

「もしも、ミスター・カーター、輸血ができるとしたら？」

「少年はかなり助かる見込みがあるでしょう。もっとも、当初から輸血をしていた場合ほどではありませんが」

バーナーはそこで間をあけた。そして、ふたたびしゃべりだしたときには、まるでアダム・ヘンリに聞かれる可能性を危惧するかのように、わざとらしく声をひそめた。「輸血をしなければどういうことになるか、あなたは患者に説明しましたか？」

「ごく大ざっぱに説明しただけです。彼は自分が死ぬかもしれないことを知っています」

「どんな死に方をすることになるかについてはまったく知らないんですね。そのおおよそのところを法廷に説明していただけますか？」

「お望みならば」

バーナーとカーターは共謀して、両親のために、恐ろしい事実をあきらかにしようとしているようだった。しかし、これはそれなりに理にかなった手法だったので、フィオーナは口を挟まなかった。

カーターはおもむろに語りだした。「本人にとってだけでなく、治療している医療チームにとっても悲惨なことになるでしょう。スタッフのなかには憤激している者もいます。彼らは毎日のように朝から晩まで、アメリカ人の言い方を借りるなら、血液を吊していています。なぜこの患者を失うリスクを冒さなければならないのか、まったく理解できないのです。衰弱の兆候のひとつは息苦しさと闘わなければならなくなることですが、彼はこれがどんなに恐ろしい闘いかを知ることになり、しかも最後には闘いに負けるしかないのです。じわじわと溺れていくような感じになります。その前に内出血を起こすおそれがあり、腎不全の可能性もあります。なかには視力を失う場合もあります。脳卒中を起こして、さまざまな神経障害が残ることもあります。症例は場合によって異なりますが、ただひとつだけ確実なのは恐ろしい死になるだろうということです」

「ありがとうございました、ミスター・カーター」

両親側の弁護人、レズリー・グリーヴが反対尋問のために立ち上がった。フィオーナはグリーヴの評判はある程度知っていたが、このときには、以前に自分の法廷に出たことがあるかどうかは思い出せなかった。裁判所の内外で姿を見かけたが、ちょっと気取ったタイプで、銀髪をまんなかで分け、頬骨は高く、長くて細い鼻を高慢そうにふくらませていた。手足の動きにゆったりとした自由なところがあって、それがもっと重々しい同僚たちの抑制された動作とは対照的で感じがよかった。全体的には威厳のある快活な雰囲気だったが、視力の問題でそれがちょっと複雑になっていた。一種の斜視なのか、いつも相手を見ているようには見えないのである。それが彼の魅力のひとつになっていたのだが、ときには反対尋問される証人を戸惑わせることがあり、そのせいでいま医長が神経質になっているのかもしれなかった。

グリーヴが言った。「ミスター・カーター、治療の選択の自由は成人における基本的人権であることを、あなたは認めますか、それとも認めませんか？」

「認めます」

「そして、同意なしの治療は人の身体に対する不法侵害になり、実際、その人に対する暴行になりうるということを」

「認めます」

「そして、アダムは、こういう場合に法律で定義されている、成人にまもなくなろうとしています」

カーターが言った。「たとえ彼の誕生日があしただとしても、きょうは成人に達していないことになります」

これは憤激を込めて言われたのだが、グリーヴは平然としていた。「アダムは非常に成人に近い年齢です。彼は治療に対する自分の考えを賢明かつ明確に表現したのではありませんか？」

そう言っているとき、弁護士の猫背は消えて、背が一インチほど高くなった。「彼の考えは両親の考えで、彼自身の考えではありません。輸血されることに対する彼の異議申立てはある宗教的カルトの教義に基づくもので、彼はその無意味な殉教者になろうとしているのです」

「カルトというのはずいぶん激しい言葉ですね、ミスター・カーター」とグリーヴは穏やかに言った。「あなた自身はなんらかの信仰をおもちですか？」

「わたしはイギリス国教会の信徒です」

「イギリス国教会はカルトですか？」

フィオーナはメモを取っている手許から目を上げた。グリーヴはそれに気づいて、唇をすぼめ、間をあけて長々と息を吸いこんだ。医長は証言台を降りようとしているかに見えたが、弁護士はまだ彼を放免しなかった。

「世界保健機関《WHO》はあらたなエイズ患者の一五から二〇パーセントが輸血による感染だと推定していますが、ミスター・カーター、あなたはご存じですか？」

「わたしの病院ではそういうことは一度も起きていません」

「さまざまな国の血友病患者が大量にエイズに感染するという悲劇の犠牲になっているのではありませんか？」

「それはかなり以前のことで、いまはもうそんなことはありません」

「輸血によるそのほかの感染もありうるのではありませんか？　肝炎、ライム病、マラリア、梅毒、シャーガス病、移植片対宿主病《GVHD》、輸血関連急性肺障害《TRALI》。そして、もちろん、各種のクロイツフェルト・ヤコブ病」

「すべてきわめて稀です」

「しかし、起こることが知られています。それからさらに、血液型不適合に起因する溶血反応もあります」

「それも稀です」

「ほんとうですか？　それでは、ミスター・カーター、非常に高く評価されている『血液保存マニュアル』から引用させていただきますが、『採血から受血者が輸血を受けるまでには少なくとも二十七の段階があり、その過程の各段階でミスが起きる可能性がある』」

「うちのスタッフは高度な訓練を受けており、細心の注意をはらっています。長年のあいだ、ただ一度の溶血反応も起こした記憶はありません」

「こうしたすべての危険性を考えあわせれば、ミスター・カーター、あなたがカルトと呼ぶもののメンバーではなくても、理性的な人なら躊躇するのに十分な理由になるとはお思いになりませんか？」

「現在では、血液製剤は最高度の基準に基づいてテストされています」

「それでも、輸血を受ける前に躊躇するのは完全に不合理ではないでしょう」

カーターはちょっと考えた。「躊躇することも、おそらく、一時的にはありうるでしょう。しかし、アダムのような症例で拒否するのは不合理です」

「あなたは躊躇してもおかしくないことを認めています。だとすれば、当然ながら、感染やミスのあらゆる可能性を考えれば、患者が自分の同意が必要だと主張するのは不合理ではないでしょう」

医長はいかにも自分を抑えているという顔をした。「あなたは言葉を弄んでいる。もしもこの患者に輸血する許可が下りなければ、彼は快復しないでしょう。少なくとも、視力を失うかもしれません」

グリーヴは言った。「さまざまなリスクを考えれば、医師のあいだでは、輸血に対する無思慮な流行のようなものがあるのではありませんか？　これは証拠に基づくものではありませんよね、ミスター・カーター？　むしろむかしの瀉血《しゃけつ》と似たようなものです。もちろん、逆方向ではありますが。手術中に三分の一パイントの血液を失う患者には輸血が行なわれるのがふつうですね、違いますか？　にもかかわらず、一パイントも提供する献血者がそのあとすぐに職場に戻っても、なんの害もないんですから」

「わたしは他人の臨床的判断についてコメントすることはできません。一般的には、手術で体力が弱った患者は、神が割り当てただけの血液を必要としていると思います」

「エホバの証人の患者はいまでは無輸血手術と呼ばれる治療を受けるのが通例になっているのではありませんか？　輸血が必要とされない手術ですが。『アメリカ耳鼻咽喉科ジャーナル』から引用させてください。『無輸血手術は実施される手術のかなりの割合を占めるようになっており、将来的には標準的治療法として認められるかもしれない』」

医長はそれには取り合わなかった。「いま問題にしているのは手術ではありません。患者が血液を必要としているのは、治療によって自分で血液を造ることができなくなっているからです。そのくらい単純なことなのです」

「ありがとうございました、ミスター・カーター」

グリーヴは着席し、アダム・ヘンリの弁護を務める、銀髪で杖にすがっているように見えるジョン・トヴィーが、医長の反対尋問をするため、ハアハアいいながら立ち上がった。

「あなたはあきらかにアダムとふたりだけで話し合う時間をもったようですな」

「そうしました」

「彼の知的能力については、なんらかの印象をおもちかな？」

「きわめて頭がいいです」

「はっきり物が言えるのかな？」

「はい」

「彼の判断力、認識能力が病気によって鈍っていることはないのかね？」

「いまのところ、それはありません」

「輸血が必要になるかもしれないことを本人に言ったかね？」

「はい」

「で、彼の答えは？」

「信仰を理由に断固拒否するということです」

「彼の正確な年齢を、何歳何カ月かご存じかな？」

「十七歳と九カ月です」

「ありがとう、ミスター・カーター」

バーナーが再尋問のために立ち上がった。

「ミスター・カーター、もう一度、あなたが血液学を専門にするようになってどのくらいになるか教えていただけますか？」

「二十七年です」

「輸血の副作用のリスクはどのくらいありますか？」

「きわめて低いです。この症例の場合、輸血ができないことで生じるダメージと比べれば微々たるものです」

バーナーはそれ以上質問することはないと言った。

フィオーナが言った。「あなたの意見では、ミスター・カーター、この問題を解決するためにわたしたちがかけられる時間はどのくらいですか？」

「あすの朝までにこの少年に輸血ができなければ、非常に危険な領域に入ることになります」

バーナーは着席した。フィオーナが医師に礼を言うと、彼はぶっきらぼうに、憤慨しているようにうなずいて、証言台を離れてベンチに向かった。グリーヴが立ち上がって、ただちに父親に証言させたいと言った。ミスター・ヘンリは証言台に立つと、新世界訳聖書で宣誓できないかと訊いた。事務官は欽定訳しかないと答えた。ミスター・ヘンリはうなずいて、それで宣誓を済ませると、腰を落ち着けて、じっと忍耐強いまなざしをグリーヴにそそいだ。

ケヴィン・ヘンリは身長五フィート六インチくらい、空中ブランコ乗りみたいに柔軟で強靭に見えた。彼は掘削機に熟達しているということだったが、仕立てのいいグレイのスーツに淡いグリーンのシルクのネクタイというでたちでも、すこしも不自然さがなかった。レズリー・グリーヴの質問の主意は、彼が初めのころは苦労したが、やがては愛情豊かで、安定した、幸せな家庭を築き上げたという構図を引き出すことだった。だれがそれを疑えただろう？　ヘンリ夫妻は十七年前、十九歳という若さで結婚した。ケヴィンが肉体労働者として雇われていた初めのころは苦しかった。彼は〝ちょっと気の荒い男〟で、酒を飲みすぎ、妻のナオミにも悪態をついたが、手を上げたことは一度もなかった。やがて、遅刻が多すぎたために仕事をクビになった。家賃は溜まり、赤ん坊は夜通し泣きつづけ、夫婦は喧嘩が絶えず、近所から苦情が来た。ヘンリ夫妻はストレッタムのワンルームのフラットから追い立てをくらいそうになっていた。

救済は、ある午後、ナオミの家の玄関に立った、アメリカ出身のふたりの礼儀正しい青年というかたちで訪れた。彼らは翌日もやってきて、ケヴィンにも話をしたが、彼は初めは冷淡だった。しかし、結局、最後には、彼らは近くの王国会館《キングダム・ホール》に行き、そこで温かく迎え入れられ、それから徐々に親切な人たちと知り合って、ほどなく友人になり、会衆のなかの長老からためになる話を聞いて、やがて聖書を学ぶようになった。これは初めはむずかしかったが、すこしずつ暮らしに秩序と平和がもたらされ、ケヴィンとナオミは真理のうちに生きるようになった。彼らは神が人類に用意している未来について学び、御言葉をひろめる仕事を通して自分たちの義務を果たすようになった。いずれ地上にも楽園が到来するはずであり、エホバの証人たちが〝ほかの羊〟と呼ぶ特権的なグループに属することで、その楽園の一員になれることを発見したのである。

彼らは生きることの尊さを理解するようになった。そして、彼らがよい親になると、息子も穏やかになった。ケヴィンは政府が支援する講習会に通って、重機の運転・操作を学んだ。資格を取るとまもなく、仕事が見つかった。感謝するためアダムを連れて王国会館に向かう途中、夫婦はもう一度初めから恋に落ちた気分だと語りあった。そして、手をにぎり合って通りを歩いたが、これはそれまで一度もやったことがないことだった。何年も前のそのときから、彼らはエホバの証人の友人たちの緊密な支援ネットワークのなかで真理に生き、真理のうちにアダムを育ててきた。ケヴィンは五年前に自分の会社をはじめた。いまでは数台の掘削機とダンプカー、一基のクレーンを保有し、九人の人を雇っている。そして、いま、神は彼らの息子に白血病を与え、ケヴィンとナオミは彼らの信仰の最大の試練に直面しているのだった。

弁護士の促すような質問のひとつひとつに、ミスター・ヘンリはよく考えたうえで答えた。彼は法廷に敬意をはらってはいたが、多くの人たちのように畏れてはいなかった。若いころの失敗について率直に語り、手をにぎり合った瞬間を思い出しても照れることはなく、こういう場所で〝愛〟という言葉を使うことにも躊躇しなかった。グリーヴに質問されると、彼はしばしば弁護士から視線をそらして直接フィオーナに向かって答え、彼女から目をそらさなかった。彼の話し方にどこの訛りがあるのか、彼女はなかば習慣的に考えていた。かすかなロンドン訛りと、もっとかすかにだが西部地方の訛りがある――自分の力量を当然のことと考えている男の自信に満ちた声で、人を指図することに慣れているにちがいなかった。イギリスのジャズメンにはそういう話し方をする男がいるし、彼女が知っているテニスのコーチや、下士官、警察幹部、救急救命士、一度彼女の前に出廷したことのある石油掘削装置の作業監督もこんな感じだった。世界を管理するのではなく、世界を動かしている男たち。

五分間でざっと経歴をたどりおえると、グリーヴはちょっと間を置いて、それから穏やかに質問した。「ミスター・ヘンリ、なぜアダムが輸血を拒否しているのか、法廷に説明していただけますか？」

ミスター・ヘンリは、あたかもいま初めてその問題を考えるかのように、躊躇した。それから、グリーヴから顔をそむけて、まっすぐフィオーナに向かって答えた。「理解していただかなくてはならないのは」と彼は言った。「血というのは人間の何たるかの精髄だということです。それは魂であり、生命そのものなのです。そして、生命が神聖であるように、血も神聖なのです」それで終わりかと思われたが、彼は急いでつづけた。「血はすべての人間が感謝すべき生命の贈り物の象徴なのです」そう言っているときの彼の口調は、信念を語っているというよりは、むしろ事実を述べているような、橋の構造を説明するエンジニアのような言い方だった。

グリーヴは待っていた。沈黙によって自分の質問にはまだ答えていないことを伝えようとしたのだろう。だが、ケヴィン・ヘンリは発言を終え、まっすぐ前を見つめていた。

グリーヴが促した。「で、血が贈り物ならば、息子さんはなぜ医師からそれを受け取ろうとしないのですか?」

「自分の血を動物や他人の血と混ぜるのはそれを汚すこと、汚染することだからです。それは創造主のすばらしい贈り物を拒絶することになります。だから神は創世記やレビ記や使徒行伝でそれをはっきり否定しているのです」

グリーヴはうなずいた。ミスター・ヘンリはこう付け加えただけだった。「聖書は神の言葉です。アダムはそれに従わなければならないことを知っています」

「あなたと奥さんは息子さんを愛していますか、ミスター・ヘンリ?」

「はい。わたしたちは彼を愛しています」と彼は穏やかに言って、挑むようにフィオーナの顔を見た。

「たとえ輸血を拒否することが彼に死をもたらすことになるとしても?」

ケヴィンはふたたびまっすぐ前を、板張りの壁を見つめた。それに答えたとき、彼の声は引きつっていた。「彼は来たるべき地上の天の王国でしかるべき地位を占めることになるでしょう」

「それで、あなたと奥さんは。どんなふうに感じるでしょう？」

ナオミ・ヘンリは依然として背筋をぴんと伸ばして坐っており、眼鏡の奥の表情は読み取れなかった。彼女は顔を証人台の夫ではなく、弁護士のほうに向けていた。フィオーナが坐っている場所からでは、レンズの奥に縮んで見えるミセス・ヘンリの目がひらいているのかどうかわからなかった。

ケヴィン・ヘンリが言った。「彼は正しいこと、真実であること、主が命じたことをやったことになります」

またもや、グリーヴは間をあけた。それから、彼は尻下がりの語調で言った。「あなたは悲しみにうちひしがれるでしょう。そうではありませんか、ミスター・ヘンリ？」

そう言ったときの、弁護士の声のいかにもわざとらしいやさしさが、この父親の喉を詰まらせた。彼は黙ってうなずくことしかできなかった。喉元の筋肉をひくひくさせながら、彼が冷静さを取り戻そうとしているのを、フィオーナは見て取った。

弁護士が言った。「この拒否はアダムの意志ですか、それとも、実際にはあなたの意志なんですか？」

「たとえわたしたちが望んだとしても、彼の意志をひるがえさせることはできないでしょう」

数分のあいだ、グリーヴは一連の似たような質問をして、少年が不当な影響を受けていないことをあきらかにしようとした。こんどのことでは、ふたりの長老が病床を訪れていたが、その際、ミスター・ヘンリは同席を請われなかった。しかし、そのあと、長老たちは病院の廊下で、少年がいかに自分の状況や聖書の教えをよく弁えているかに感嘆した、と彼に言った。少年が自分の心をよく知っていて、死ぬ覚悟を決め、真理のうちに生きようとしていることに、彼は満足しているということだった。

バーナーが異議を申し立てるのではないか、とフィオーナは感じた。しかし、彼女が伝聞証拠を排除するために時間を浪費することはないのを彼は知っていた。

レズリー・グリーヴの最後の一連の質問は、ミスター・ヘンリに息子の情緒的成熟度を詳述させるためのものだった。彼はいかにも誇らしげにそれに応え、いまやその語調にはまもなく息子を失うだろうと思っていることをうかがわせるようなところは微塵もなかった。

マーク・バーナーがようやく反対尋問に立ったときには、すでに三時三十分になっていた。ヘンリ夫妻に対して、彼はまず息子の病気への同情を表明し、その完全な快復を祈ることからはじめた――これは、少なくともフィオーナにとっては、この弁護士が一暴れするつもりでいるしるしだった。ケヴィン・ヘンリは黙って頭を垂れた。

「まず初めに、単純な問題をはっきりさせておきたいと思います、ミスター・ヘンリ。あなたが指摘された聖書の創世記、レビ記、使徒行伝は血を食べることを禁じており、あるひとつの場合には、それを差し控えるように警告しています。たとえば、新世界訳聖書の創世記では、『ただし、その魂つまりその血を伴う肉を食べてはならない』とされています」

「そのとおりです」

「では、輸血についてはなんとも言われていないのですね？」

ミスター・ヘンリは辛抱強い口調で言った。「ギリシャ語やヘブライ語では、原語は〝体内に採り入れる〟という意味です」

「わかりました。しかし、そういう鉄器時代の原典が書かれた当時、輸血は存在しませんでした。どうしてそれを禁じることができるのですか？」

ケヴィン・ヘンリはかぶりを振った。彼の声には憐れむような、寛容にも許してやっているという響きがあった。「神の心のなかには存在していたのは確かです。そういう書物は神の言葉だということを理解する必要があります。神は何人かの預言者を選んで御心を書き取らせたのです。どんな時代だったかは――石器時代だろうと、青銅器時代だろうと、何だろうと、それは問題ではないんです」

「それはそうかもしれませんが、ミスター・ヘンリ。しかし、多くのエホバの証人の信者が、いまわたしが言った理由から、この輸血の考え方に疑問を呈しているんです。彼らは信仰を捨てることなしに血液製剤を、あるいはある種の血液製剤を受けいれようとしています。若いアダムにはほかの選択肢もあるんじゃありませんか？　そして、あなたはそれを受けいれるように彼を説得して、命を救ってやることができるんじゃありませんか？」

ヘンリはフィオーナに背を向けた。「統治体の教えに背いているのはごく少数にすぎません。わたしたちの会衆のなかでは、そんな人はひとりも知りませんし、これについては長老たちの考えははっきりしています」

天井の照明がバーナーの艶やかな頭皮をてかてか光らせていた。どなりつける反対尋問者の真似をするかのように、彼は右手でジャケットの襟をつかんだ。「その厳格な長老たちが毎日あなたの息子さんを訪ねてきているんですね、違いますか？　彼らは是が非でも息子さんが考えを変えないようにしたいんでしょう」

ケヴィン・ヘンリは、かすかな苛立ちに悩まされはじめていたが、バーナーに敢然と立ち向かった。証言台の縁をにぎって、ほんのわずか身を乗り出し、目に見えない革紐でようやくつなぎ止められているかに見えた。にもかかわらず、彼の口調は平静だった。「彼らは親切で慎ましい人たちです。ほかの教会は司祭たちに病棟を巡回させています。息子は長老たちから助言と慰めを得ているんです。そうでなければ、わたしにそうでないと知らせるでしょう」

「もしも輸血に同意すれば、彼はいわゆる排斥処分にされる、換言すれば、共同体から追放されることになるのではありませんか？」

「除名されるのです。しかし、そういうことにはなりません。彼は考えを変えることはないでしょうから」

「彼は法律上は、ミスター・ヘンリ、まだあなたの監督下にある未成年です。したがって、わたしが変えたいと思っているのはあなたの考えです。彼は忌避されることを怖がっている、あなたがたはそういう言い方をするのではありませんか？　あなたや長老たちの望みどおりにしないことで忌避されることを。恐ろしい死より生を選ぶことで、自分が知っている唯一の世界に背を向けられてしまうことを。若者にとってそれが自由な選択でしょうか？」

ケヴィン・ヘンリはちょっと間を置いて考えた。そのとき初めて、彼は妻の顔を振り返った。

「息子と五分でもいっしょにいれば、自分が何をしようとしているかを彼がよく知っており、自分の信念にしたがって決定できる人間だということがわかるでしょう」

「わたしはむしろ死に物狂いで両親の承認を求めている、恐怖におびえる重病の少年を見いだすのではないかと思います。ミスター・ヘンリ、あなたはアダムに、そう望むなら輸血を受ける自由があると言いましたか？　それでも依然としてあなたは彼を愛するだろうと？」

「わたしは彼を愛していると言いました」

「それだけですか？」

「それで十分です」

「あなたはいつエホバの証人が輸血の拒否を命じられたか知っていますか？」

「それは創世記に書かれています。天地創造のときからです」

「それは一九四五年からなんですよ、ミスター・ヘンリ。それまでは完全に受けいれられていたんです。現代では、ブルックリンにある委員会が息子さんの運命を決定してしまっています。そういう状況にあなたは満足しているんですか？」

ケヴィン・ヘンリは声をひそめた。話題に対する敬意からか、むずかしい問題に直面しているからか。彼はふたたび答える対象にフィオーナを含めた。彼の声には温かみがあった。「油をそそがれた代表者たち――わたしたちは彼らを奴隷と呼んでいるんです、裁判長――を聖霊がお導きになり、従来は理解されていなかった深い真理に向かう助けをしてくれています」彼はバーナーに向きなおって、事実を述べる口調で言った。「統治体はエホバのわたしたちに対する伝達経路です。それは神の声なのです。教えに変更があるとすれば、それは神が徐々にその意図をあきらかにするからです」

「その声はあまり意見の相違を認めません。ここにある『ものみの塔』のこの号では、自主的な思考は一九一四年十月の反乱の初めに悪魔によって奨励されたものであり、信者はそういう思考は避けるべきだとされています。あなたはアダムにそう言っているのではありませんか、ミスター・ヘンリ？　悪魔の影響を警戒しなければならないと？」

「わたしたちは意見の相違や口論を避けて、自分たちがつねに一体でいたいと思っています」ミスター・ヘンリはしだいに自信あふれる口調になり、弁護士個人に向かって話しかけているように見えた。「あなたには上位の権威に従うということがどんなことか、おそらく想像もつかないのでしょう。わたしたちが自分たちの自由意志でそうしているのだということを理解していただく必要があります」

マーク・バーナーの顔にいびつな笑みがちらりと浮かんだ。敵ながらみごとだと感服したのかもしれない。「あなたは先ほどわが博識なる同僚に対して、二十代には、あなたの生活は滅茶苦茶だったと言いましたね。自分が〝ちょっと気の荒い男〟だったとも言われた。その数年前、あなたがアダムの年齢だったとき、しっかりした自分の考えをもっていたということは、ミスター・ヘンリ、ほとんどありえないんじゃないでしょうか？」

「彼は生まれてからずっと真理のうちに生きてきました。わたしはそういう特権には恵まれていなかったんです」

「それから、たしか、あなたは生命は貴重なものだと言われた。それはほかの人々の生命という意味ですか、それともあなた自身の生命だけがという意味ですか？」

「すべての生命は神からの贈り物です。それを取り去るのも神の御心しだいです」

「自分の生命でないときには、ミスター・ヘンリ、そう言うのは簡単ですが」

「自分の息子の場合には、それよりさらにむずかしいことです」

「アダムは詩を書いていますが、あなたはそれを認めていますか？」

「わたしはそれが人生にとってとくに意味のあることだとは思いません」

「そのことで彼と口論したことがあるんですね？」

「真剣な話し合いをしたことがあります」

「マスターベーションは罪ですか、ミスター・ヘンリ？」

「罪です」

「妊娠中絶は？　同性愛は？」

「罪です」

「アダムはそう教えられてきたのですか？」

「彼はそれが正しいことを知っています」

「ありがとうございました、ミスター・ヘンリ」

ジョン・トヴィーが立ち上がり、心なしか息を切らせて、もう時刻が遅いので、ミスター・ヘンリに対する質問はしないが、カフカスの彼を担当しているソーシャル・ワーカーに証言させたいと言った。マリーナ・グリーンはほっそりとした、砂色の髪をした女で、簡潔かつ正確な話し方をした。午後のこの段階では、それはありがたかった。アダムは非常に頭がいい、と彼女は言った。彼は聖書を知っており、どんな議論があるかも知っていて、信仰のために死ぬ覚悟ができているると言っている。

彼はこんなふうに言った——と、そこで、裁判官の許可を取って、マリーナ・グリーンは自分のノートを読み上げた。「ぼくはぼく自身で、両親とは違う。たとえ両親がどんな考えをしているにせよ、ぼくは自分自身で決めている」

ミセス・グリーンの考えでは、法廷はどうすべきだと思うか、とフィオーナは尋ねた。自分の考えは単純で、法律のあらゆる側面を知っているわけではないが、と彼女は断った。この若者は頭脳明晰で、自分の考えをはっきりと表現できるが、まだとても若い。「こどもは宗教のために死んだりすべきではありません」

バーナーもグリーヴも反対尋問を辞退した。

最終陳述を聞く前に、フィオーナは小休止を認めた。全員が起立して、彼女は足早に自室に行き、デスクで水を一杯飲んで、Eメールとメッセージをチェックした。両方ともたくさん来ていたが、ジャックからのものはなかった。彼女はもう一度捜してみた。彼女がいま感じているのは悲しみや怒りではなく、仄暗い空虚感、自分の背後でなにかが剝がれ落ち、過去が無に帰していく感覚だった。それまでとは別の段階に達したのだろう。いちばん親密に知っていた人間がこんなに残酷になれるなんて、ありえないことだとしか思えなかった。

数分後、法廷に戻ったときには、ほっとした気分だった。バーナーが立ち上がると、当然のことながら、彼は議論を〝ギリック能力〟――家族法および小児科医療でのひとつの判断基準――へと進めた。この公式を提唱したのはスカーマン卿で、いま、彼はそれを引用していた。こども、すなわち十六歳未満の人間は、「提案されていることが何であるかをそのこどもが完全に理解できるだけの十分な理解力と知能に達した場合には」、自分の治療行為に同意することができる。バーナーが、本人の意思に反してアダム・ヘンリを治療したいとする病院側の主張を述べるにあたって、ギリック判決に言及したのは、グリーヴが両親のためにそれを持ち出すのを先取りするためだった。彼の話し方は迅速かつ簡潔で、彼の滑らかなテノールは、ゲーテの悲劇的な詩をうたうときのように、澄みきっていてしかも正確だった。

輸血をしないのも一種の治療行為であることはだれもが認める事実だろう、と彼は言った。アダムの看護をしているスタッフのだれひとり、彼の聡明さや、彼の並外れた言葉の使い方、彼の好奇心や読書が大好きであることを疑う者はいない。彼はきちんとした全国紙が主催している詩のコンクールで入賞し、ホラティウスの『頌歌』の長い一節を暗誦することができる。ほんとうに並外れたこどもである。すでに本法廷の出席者が聞いたように、彼が聡明で自分の意思をはっきり表現できる少年であることは弁護士が確認している。しかしながら、決定的に重要なのは、たったいま医師が確認したように、輸血を受けなければどうなるかについて、アダムが漠然とした考えしかもっていないことだ。彼は自分を待ち受ける死について、一般的な、ややロマンチックな考えをもっているだけである。したがって、彼はスカーマン卿によって設定された条件を満たしているとは言えない。アダムが「提案されていることを完全に理解して」いないのはあきらかだからである。当然のことながら、医療スタッフはそれを彼に説明したがらない。判断するのに最適な位置にいるのは上級の専門医だが、彼の結論はあきらかである。アダムにはギリック能力はない。第二に、たとえ彼に能力があるとしても、したがって、治療に同意する権利があるとしても、それは救命のための治療を拒否する権利とはまったく異なる。この場合には、法律は明確であり、彼が十八歳になるまで、自己決定権はない。

第三に、とバーナーはつづけた、輸血による感染の危険がごく低いことは明白である。それに対して、輸血しないことの結果は確実かつ恐ろしいものであり、おそらく致命的なものになるだろう。そして、第四に、アダムが両親とおなじ特定の信仰をもっているのはすこしも偶然ではない。彼は両親の真摯かつ強固な信仰という空気のなかで育てられた、愛情豊かで献身的な息子である。血液製剤に関する彼のきわめて特異な考えは、医師が説得力のあるかたちで示唆したように、彼自身のものではない。わたしたちのだれもが、十七歳のときには、いまでは困惑するような考えをもっていたにちがいないのである。

バーナーは手早く要点をまとめた。アダムは十八歳にはなっていないし、輸血が行なわれない場合に待ちかまえている試練を理解しておらず、自分がそのなかで育った特殊なセクトの影響をはなはだしく受けていて、脱会した場合のマイナス面も知っている。エホバの証人の見解は現代の良識的な親のそれからは大きく外れている。

マーク・バーナーが振り向いて席に戻ろうとすると、レズリー・グリーヴが早くも立ち上がった。彼はフィオーナの二、三フィート左に向かって話しはじめたが、おなじくスカーマン卿の判決に彼女の注意を促した。「患者みずからが決定する権利の存在は、コモン・ローによって保護された基本的人権だと見なすことができる」したがって、あきらかな知性と洞察力をもつ人間によってくだされた治療行為に関する決定に、本法廷が介入するのはごくやむをえない場合に限定されなければならない。アダムが十八歳の誕生日までにまだ二、三カ月あるという事実の背後に逃げこむだけでは十分でないのはあきらかである。個人の基本的人権に関わるこれほど重大な問題において、数字の魔術に頼ろうとするのは不適切である。何度も繰り返し自分の意志を明確にしているこの患者は、十七歳よりもはるかに十八歳に近いのである。

記憶を呼び起こそうとして、グリーヴは目をつぶり、一九六九年家族法改正法の第八条を引用した。「十六歳に達している未成年者による外科的、内科的、歯科的治療への同意は、その同意がなければ当人の身体に対する侵害を構成する場合は、その者が成人年齢に達している場合と同様に効力を有するものとする」

アダムと会ったことがある人は、だれもが彼の早熟さと成熟度に感嘆している、とグリーヴは言った。「裁判長も興味をおもちになるにちがいありませんが、彼は自作の詩を何篇か看護スタッフの前で朗読したのです。しかも、じつに感動的に」。彼は大部分の十七歳よりもはるかに思慮に富んでいる。法廷は、彼が二、三カ月早く生まれていれば、その基本的人権が確保されていたはずだとする見解に留意する必要がある。愛情豊かな両親の全面的な支持の下に、彼は治療に対して明確な異議をとなえ、その拒否の根拠になっている宗教的原理についても詳細に説明している。

グリーヴはちょっと考えるかのように間を取って、おもむろに専門医が出ていった法廷の出口を指し示した。治療を差し控えるという考えをミスター・カーターが蔑むのは完全に理解できるが、それはあれほど著名な人物ならば当然もっているはずのプロ意識を表しているにすぎない。そのプロ意識がアダムのギリック能力についての彼の判断を曇らせている。突きつめて言えば、これは医学的な問題ではなく、法律および倫理の問題である。これはひとりの若者の、けっして奪うことのできない権利に関わる問題なのである。彼は自分の決定の結果、自分がどういうことになるかを、遠からず死に至ることを完全に理解している。彼は何度も自分の意志をあきらかにしている。自分がどんな死に方をするかを正確に知らないということは本質的な問題ではない。

ギリック能力があるとされるどんな人間も、その種の知識を完全にもっていることはありえない。実際、だれひとり完全には知らないのである。わたしたちはだれも自分たちがいつか死ぬことを知っている。だが、どんなふうに死ぬか知っている者はいない。ミスター・カーターがすでに認めたように、アダムを治療しているチームはそういう知識を彼に与えようとはしなかった。この若者のギリック能力はそれとは別のところにある。すなわち、治療の拒否が自分の死につながるかもしれないという事実を明確に把握しているところにある。そして、ギリック能力があるとすれば、当然ながら、年齢は問題にならない。

これまでのところ、フィオーナは三枚の紙片をメモで埋め尽くしていた。そのひとつには、ほかから切り離された一行に、〝詩?〟と書かれていた。弁論の流れのなかからひとつの鮮やかに浮かび上がったイメージがあった——いくつもの枕に支えられて、十代の少年が疲れた看護師に向かって自作の詩を朗読している。看護師は自分が別の場所で必要とされていることを知っているが、親切心からそうは言えないでいる。

アダム・ヘンリの年ごろだったとき、フィオーナも詩を書いたものだった。ひとりのときでさえ、それを声に出して朗読しようなどと考えたことはなかったけれど。大胆にも韻を踏んでいない四行連句を思い出す。溺れて死んでいく、川藻のあいだにそっと仰向けに沈んでいく詩さえあった。ミレーの『オフィーリア』をヒントにした、現実にはありえない夢想だったが、学校でテート・ギャラリーに見学に行ったとき、彼女はその絵の前でうっとりと立ち尽くしたものだった。その大胆な詩を書きつけたのはボロボロのノートで、表紙には紫色のインクでお気にいりのヘアスタイルが落書きしてあった。彼女が覚えているかぎり、それはいまでもまだ、自宅の窓のないスペアルームの奥のどこかで、段ボール箱の底に眠っているはずだった。

　アダムは十八歳にあまりにも近く、ほとんど十八歳と変わらない、とグリーヴは結論した。彼はスカーマンが明示した条件を満たしており、ギリック能力をもっている。グリーヴはボールコム控訴院裁判官による判決を引用した。「こどもたちは成人年齢に近づくにつれて、治療についてしだいに自己決定できるようになっていく。通常は、十分な年齢と理解力を有するこどもの最善の利益は、正しい情報を受けたうえで自己決定を行ない、それを法廷が尊重することである」法廷は、信仰の表現を尊重することを除けば、特定の宗教に対していかなる立場もとるべきではなく、治療を拒否する基本的人権を侵害するという危険な領域に踏みこむべきでもない。

　最後にようやくトヴィーの番になったが、彼は時間をかけなかった。杖の助けを借りて、彼は苦労して立ち上がった。少年とその後見人であるマリーナ・グリーンを代弁する彼の口調は、ことさら中立的だった。病院側と両親側の主張は同僚によって明確に提示され、関連する法律上の問題点もすべて取り上げられている。アダムの知的能力には疑問の余地はない。彼のセクトが理解し広めているかたちでの聖書の理解も申し分ない。彼がほとんど十八歳であることを考慮するのは重要だが、それでもまだ未成年者であるという事実は残る。したがって、少年の希望にどれだけ重きを置くかはひとえに裁判長の判断にかかっている。

　弁護士が腰をおろすと、沈黙が流れた。フィオーナはメモをにらみながら、考えをまとめようとした。トヴィーが問題をひとつの決定に絞ってくれたのはありがたかった。彼女は彼に向かって言った。「本件の特殊な事情に鑑みて、わたしはアダム・ヘンリ本人から話を聞きたいと思います。わたしの関心は彼の聖書に関する知識ではなく、彼が自分の置かれている状況について、わたしが病院の主張を却下した場合、自分が直面することについて、どれだけ理解しているかということです。また、彼が非人間的な官僚機構に運命をにぎられているわけではないことも知らせたいと思います。彼の最善の利益のために決定をくだすのはわたしだということを説明するつもりです」

　彼女はさらにこうつづけた。これからミセス・グリーンといっしょにウォンズワースの病院に行って、彼女の面前でアダム・ヘンリから話を聞くことにする。したがって、フィオーナが戻ってくるまで審理は中断され、そのあと彼女が公開の法廷で判決をくだすことになると。

3

ウォータールー橋の激しい混雑のなかでタクシーが停まったとき、フィオーナは考えた。これは神経衰弱の瀬戸際に追いこまれて、職務上の判断に際して感傷的なミスを犯そうとしているひとりの女ということなのか。それとも、裁判所が深く介入することによって、セクトへの信仰から解放されるか、そのなかに引き渡されようとしているひとりの少年の問題ということなのか。その両方ではありえないだろう、と彼女は思った。左手の、下流のセント・ポールのほうに目をやると、その問いは宙吊りになった。潮の流れは速かった。近くの橋の上でうたったたワーズワースは正しかった。どちら側に目を向けても、地球上にこれほど美しい光景はないだろう。こんなふうに降りしきる雨のなかでさえ。彼女の横にはマリーナ・グリーンがいたが、裁判所を出るときたわいもない言葉を交わしただけで、そのあとはどちらも沈黙を守っていた。距離を保つほうがよかった。右手の、上流の景色は見馴れているからか、そんなことには気づかないのか、彼女はしきりに電話をいじくっていた。じつに現代人らしいやり方で、眉間にしわを寄せ、メッセージを読んだりタップしたりしていた。

ようやくサウス・バンク側にたどり着くと、車は歩くようなペースで上流の方向に向かい、十五分近くかかってやっとランベス宮殿に着いた。携帯は電源を切ってあった。五分ごとにメッセージやEメールをチェックしたい衝動に抵抗するには、そうするしかなかったからだ。彼女はすでにメッセージを書いていたが、送信してはいなかった。〈よくもこんなことができるわね！〉しかし、彼はそれをやっていた。最後の感嘆符がすべてを物語っていた——彼女はばかだった。自分の感情の基調《トーン》——と彼女がときおり呼び、自分で自分のそれを観察するのが嫌いではなかったが——はまったく新しいものだった。寂しさと憤怒の混合物。あるいは、渇望と憤激のか。彼を取り戻したくてならなかったが、二度と会いたくないとも思っていた。恥辱も要素のひとつだったかもしれない。しかし、自分が何をしたというのだろう？　仕事に夢中になって、夫をおろそかにした？　長引いた審理で心を乱されていた？　だが、彼にも彼の仕事があり、いろんな気分のときがあった。彼女は辱められ、だれにもそれを知られたくなかったので、なにもないようなふりをしていた。隠し事をしているような疚しさがあった。それだろうか、それが恥ずかしいのだろうか？　事情を知れば、友だちのだれかしらが、彼に電話して説明を求めるようにけしかけるにちがいなかったが、それはできなかった。彼女はまだ最悪の答えを聞かされるのを怖れていたのである。自分の状況について浮かんでくるのは、どれもすでに何度も考えたことばかりだったが、それでもまたもや考えずにはいられなかった。回し車みたいなどうどう巡り。そこから逃れられるのは、薬の助けを借りて、眠るときだけだった。眠るか、あるいは、こんなふうにすこしも正統的ではない現地調査に出かけるか。

やっとウォンズワース・ロードに入って、時速二十マイルという、全力疾走する馬のスピードで走りだした。右手にスカッシュ・コートに改装された古い映画館を通りすぎた。何年も前、ジャックが耐久力の限界までがんばって、オール・ロンドン・トーナメントで十一位に入ったことがあった。そのとき彼女は、忠実な若い妻として、ちょっと退屈しながら、ガラス張りのコートからずっと離れた席に坐り、自分が弁護を担当していたが、負けるにちがいない強姦事件のメモにちらちら目をやっていた。結果は、無実であることがほぼ確実だったにもかかわらず、憤懣やるかたないわたしの依頼人に懲役八年。当然だが、その男は彼女を永久に許さなかった。

　北ロンドン人の常として、彼女はテムズ南岸に果てしなく広がるごたごたしたむさ苦しいロンドンは知らなかったし、軽蔑してもいた。地下鉄の駅名でさえひとつとして、はるかむかしに呑みこまれた無数の村に関連する、あるいは意味を与えるようなものはなかった。侘しい店や怪しげなガレージ、ところどころに埃っぽいエドワード様式の住宅や無骨なコンクリート《ブルータル》の高層アパートが入り交じる、麻薬ギャングの巣窟。彼女のそれとはまったく異質な心配事を抱えて舗道を漂う人の群れは、自分の街ではなく、どこか別の、はるか彼方の街の住人に見えた。板でふさがれた電器店の上の色褪せた冗談ぽい看板がなければ、どうしてクラパム・ジャンクションを通過中だとわかるだろう？　なぜこんなところで暮らそうとするのか？　厭世的な気分に包まれる予兆を感じて、彼女はみずからに自分の任務を思い出させた。いまは危篤状態の少年に会いにいこうとしているところなのだ。

　彼女は病院が好きだった。十三歳のとき、自転車が大好きで、かなりのスピードで自転車通学していたが、排水溝のふたつの溝のせいでハンドル越しに跳ねとばされた。軽い脳震盪を起こし、尿中に微量の血液が認められたので、経過観察のために入院させられた。小児病棟には空きがなかった――スペインからバスで帰ってきた小学生の団体が正体不明のウイルス性胃腸炎で入院していた――ので、彼女は婦人科病棟にまわされ、一週間、婦人たちのあいだに留まって、いくつかの簡単な検査を受けた。これは一九六〇年代なかばのことで、まだ時代の精神が硬直した医療の職階制に疑義を呈し、そのほころびを指摘するようになる以前のことだった。天井の高いヴィクトリア様式の病棟は清潔で、よく整頓され、怖そうな病棟看護婦は最年少の患者を護ってくれた。年配の婦人たちは、あとから考えてみると、そのうち何人かはあきらかに三十代でしかなかったが、彼女をとても気にいって、かわいがってくれた。フィオーナは婦人たちの病気のことは考えてもみなかった。彼女はみんなのペットになり、新しい生活にすっぽりと入りこんだ。家と学校という古い日課は遠のいてしまい、夜のあいだに親切な婦人のひとりかふたりがベッドから姿を消しても、それについては深く考えなかった。彼女は子宮摘出やガンや死からはしっかりと保護されており、恐怖や苦痛を感じることなしに、すばらしい一週間を過ごした。

午後には、放課後に、友人たちがやってきた。大人みたいに自分たちだけで見舞いに行くということで、初めはかしこまっていたが、やがてその硬さがほぐれると、三、四人の少女がフィオーナのベッドを取り囲んで、なんでもないこと――むずかしい顔をして大股で通りすぎる看護婦、歯のない老婆のていねいすぎる挨拶、病棟のずっと奥の衝立のかげで騒々しい音を立てて吐いている人――に笑いをこらえて体を震わせたり、クツクツいう声を洩らしたりした。

昼食の前後には、フィオーナはデイルームにひとりで坐って、ノートを膝に置き、自分自身の将来の計画を立てた――コンサート・ピアニスト、獣医、ジャーナリスト、歌手。考えられるいろんな人生のフローチャートを作った。主要な流れは分岐して大学や、勇敢ながっしりした体格の夫、夢見がちなこどもたち、羊牧場、有名人としての生活へとつながっていて、そのころはまだ法曹界に進むという考えはなかった。

退院した日、彼女は学校の制服姿で、肩にカバンをぶらさげて、母親の見守るなか、病棟内を一巡し、涙ながらに別れの挨拶をして、これからも連絡を取り合おうと約束した。そのあとの数十年間は、さいわいにも健康に恵まれ、病院には面会時間内に見舞いに行ったことしかなかったけれど。それでも、彼女の心に永遠に刻みこまれたものがあった。家族や友人たちがたとえどんな苦しみや不安にさらされるのを見ても、病院といえばやさしさ、自分が特別な存在として目をかけられ、最悪の事態からは保護されている場所という、ふつうはありそうにもない連想が完全に消え去ることはなかった。だから、いま、この場にそぐわないことではあったが、二十六階建てのイーディス・キャヴェル総合病院が公園《コモン》の向こう側の霧に包まれたオークの木立の上にそびえ立つのが見えてくると、一瞬、彼女は楽しいことを期待するような気分になった。

彼女とソーシャル・ワーカーは、ギクシャク動くフロントガラスのワイパー越しに、まっすぐ前を見つめていた。タクシーは六百十五台分の空きがあると告げている青いネオンサインに近づいた。石器時代の丘の上の砦みたいな、草に覆われた高台の上に、日本人の設計した円形のガラスの塔がそびえている。新しい労働党の気楽な時代に、膨大な借入金で建設された、外装が手術着の緑色をした建物で、最上階は低く垂れこめた夏雲のなかに没していた。

玄関に向かって歩いているとき、駐車中の車の下からふたりの前に猫が飛びだすと、マリーナ・グリーンはふたたびしゃべりだして、自分の猫のことを詳しく語った。怖れを知らぬブリティッシュ・ショートヘアで、近所の犬どもをことごとく撃退してしまうのだという。フィオーナはこのまじめな若い女に、少なめの砂色の髪をした、五歳にもならない三人のこどもと警察官の夫と公営住宅《カウンシル・ハウス》に住む女に、心温まるものを感じた。彼女の猫は裁判とは無関係だった。彼女は先入観をもたせるおそれのあるようなことは決して話題にせず、これからいっしょに立ち向かおうとしている気がかりな問題を過敏なくらいはっきりと意識していた。

フィオーナにはもうすこし自由に振る舞える気持ちのゆとりがあった。「一歩も後に退かない猫。若いアダムにその話をしてあげられるといいんだけど」と彼女は言った。

マリーナはすぐに、「じつは、もう話したんです」と言って、それっきり黙りこんだ。

ふたりはビルの最上階まで吹き抜けになったガラス張りのアトリウムに入った。もとからここにあった何本かの成木が、やや水不足ぎみではあったが、コンコースで張り合っているコーヒーやサンドイッチの売店の椅子とテーブルのあいだから、期待を担って上に伸びていた。その上にも、さらにその上にも、湾曲する壁面から突き出したコンクリート製の台座から、ほかの木が伸びている。いちばん上のほうにある植物は灌木で、高さ三百フィートのガラス天井にそのシルエットが映っていた。ふたりの女は淡い色の寄せ木張りの床を横切って、インフォメーション・センターと病気のこどもたちのアートが展示されている前を通った。長いまっすぐなエスカレーターに乗って中二階に上がると、本屋、花屋、新聞雑誌販売店、ギフトショップ、ビジネス・センターが噴水のまわりに並んでいる。軽やかで単調なニュー・エイジ・ミュージックが、サラサラという水音と溶け合っていた。モデルは、もちろん、現代の空港だった。行き先は違ったけれど。この階にはまだ病をうかがわせるものはあまりなく、医療機器はまったく目につかなかったし、患者の姿は見舞客やスタッフのあいだにみごとに溶けこんでいた。ところどころに、部屋着姿の人たちがいたが、むしろちょっと粋な感じに見えた。フィオーナとマリーナは高速道路の標識とおなじ字体の案内標識をたどっていった。小児腫瘍科、アイソトープ検査室、採血室。幅広い磨かれた廊下をたどって、エレベーターが並んでいる場所に行き着くと、黙って十階まで昇った。おなじような廊下を三度左に曲がって、集中治療部へ。森のなかを類人猿がつたっていく楽しい壁画の前を通りすぎると、ようやく病院の気配のする閉ざされた空気が感じられた。ずっと前に下げられた食事や消毒剤、それよりずっとかすかな、果物でもなく、花でもない、甘ったるい匂い。

ナース・ステーションは半円形に並んだ閉ざされたドアに向き合って、それを保護するような位置にあった。ドアにはそれぞれのぞき窓が付いていた。静寂を乱すのは電気的なブーンというような唸り声だけで、自然光が入ってこないせいか、深夜みたいな感じだった。デスクの若いふたりの看護婦は、フィオーナはあとで知ったのだが、ひとりはフィリピン人、もうひとりはカリブ人だったが、歓声を上げて、マリーナとハイタッチの挨拶をした。ソーシャル・ワーカーはふいに別人に、白い肌をした活気あふれる黒人女性になった。彼女はくるりと後ろを向いて、若い看護婦たちに判事を「ほんとうに地位の高い人」だと紹介した。フィオーナは手を差し出した。彼女は自意識過剰にならずにはハイタッチはできなかったが、それは当然だと思われたようだった。彼女の手は温かくにぎられた。デスクですばやく相談した結果、ソーシャル・ワーカーがなかに入って、アダムに事情を説明するあいだ、フィオーナは外で待つことになった。

マリーナがいちばん右のドアをあけてなかに入っていくと、フィオーナは看護婦たちのほうに向きなおって、若い患者のことを尋ねた。

「彼はバイオリンを練習しているんですよ」と若いフィリピン女性が言った。「わたしたち、気が変になりそうだわ！」

彼女の同僚が腿をたたいた。「あのなかで七面鳥の首を絞めているんだもの」

看護婦たちは顔を見合わせて笑いだしたが、ほかの患者のことを考えて、低い笑い声を洩らしただけだった。これはあきらかにすでに何度も繰り返された仲間内の冗談らしかった。フィオーナはくつろいだ気分になったが、それが長続きしないだろうことはわかっていた。

しばらくしてから、彼女が言った。「輸血の問題についてはどうなの？」

ユーモアはすっかり鳴りをひそめ、カリブ人看護婦が言った。「わたしは毎日あの子のために祈っているんです。そして、アダムには『神様のためにあなたがそうする必要はないのよ。どっちにしても神様はあなたを愛しているんだし、あなたに生きてもらいたいと思っているんだから』って言っています」

彼女の同僚が悲しげに言った。「あの子はもう決心しているのよ。ほんとうに感心するわ。自分の信念のために生きようとしている、というのかしら」

「死のうとしている、でしょ！　あの子はなにも知らないのよ。どうしていいかわからない仔犬なんだから」

フィオーナが言った。「神様は彼に生きてほしいと思っているとあなたが言うと、彼は何と答えるの？」

「なんとも言わないんです。まるで、なんでこんな女の言うことを聞かなくちゃならないんだ、というみたいに」

ちょうどそのとき、マリーナがドアをあけ、片手を挙げて合図すると、またなかに戻った。

フィオーナが言った。「それじゃ、どうもありがとう」

ブザーが鳴って、フィリピン人看護婦は別のドアへ急いだ。

「どうぞあそこへお入りください」と彼女の同僚が言った。「そして、あの子の考えを変えてやってください。とてもいい子なんだから」

アダム・ヘンリの部屋に入ったときの印象がフィオーナの記憶のなかで混乱しているとすれば、それは正反対のものが入り交じっていたからだろう。じつに多くの細部が目についた。部屋は薄暗かったが、ベッドのまわりだけ明るく照らし出されていた。片隅では、マリーナが雑誌を手にして椅子に落ち着こうとしているところだったが、何という雑誌なのかは薄闇のなかで読みとれるはずもなかった。ベッドを取り囲む生命維持監視装置、高いスタンド、そこから伸びているチューブや光っているモニター画面が、ほとんど音を立てずに、油断なく身がまえているように感じられた。けれども、すこしも静かだったわけではなかった。彼女が部屋に入ったときには、少年はすでにしゃべりだしており、彼女にはおかまいなしに話がどんどん進んで、というよりは噴き出しつづけて、彼女はあとに取り残されて呆然とした。彼はベッドの金属製の背もたれに立てかけた枕を支えにして上体を起こし、舞台の上でスポットライトに照らし出されているかのようだった。シーツの上に散乱して、影のなかにまでこぼれだした本やパンフレット、バイオリンの弓、ラップトップ、ヘッドフォン、オレンジの皮、菓子の包み紙、ティッシュの箱、靴下が片方、ノートが一冊、それに何行もの文字で埋まっている数枚の紙片。ごくふつうのティーンエイジャーのむさ苦しいベッドで、そういうものは彼女も親類の訪問で見馴れていた。

顔はほっそりとして、悪霊みたいに蒼白かったが、美しく、目の下の痣みたいな紫色の三日月形が微妙に白っぽくなりかけていた。強烈な照明のせいか、豊かな唇も紫色に見えた。目そのものは青紫で、とても大きかった。片方の頬にほくろがあったが、付けぼくろみたいに人工的に見えた。体格は華奢で、両の腕が病衣から棒みたいに突き出していた。ゼイゼイいいながら熱心に話していたが、初めの数秒間は、何を言っているのかわからなかった。それから、シューッというため息とともに背後でドアが閉まると、ようやくなんとか聞き取れるようになった。なんて不思議なんだろう、と彼は言っていた。彼女がやってくることがずっと前からわかっていたなんて。自分には未来を感じとる能力があるんだと思う。学校の宗教の授業で、過去と現在と未来はひとつなのだという詩を読んだことがある。じつは聖書にもそう書かれているし、科学の先生も、相対性理論によって時間は幻想にすぎないことが証明されたと言っていた。神様も詩も科学もすべておなじことを言っているのなら、それはほんとうにちがいない。そうは思いませんか?

彼は枕に背をもたせかけて息をついた。それまでベッドの足下に立っていたフィオーナは、プラスチックの椅子が置かれている側に歩み寄り、名を名乗って、手を差し出した。彼の手は冷たく、じっとりしていた。彼女は腰をおろして、彼がもっとなにか言うのを待った。けれども、彼は顔をのけぞらせて、依然として呼吸を整えようとしながら、天井を見つめているだけだった。どうやら答えを待っているようだ、とそのときになって彼女は悟った。背後で機械のひとつがシューシュー音を立てているのが聞こえ、同時に、少なくとも彼女には、聞こえるか聞こえないかの境目くらいの音で、かすかにピッピッピッと鳴っているのがわかった。患者の不快にならないようにボリュームを絞ってある心臓モニターが、彼が興奮していることを暴露していた。

彼女は身を乗り出して、彼の言うとおりだと思うと答えた。法廷での彼女の経験では、たがいに話したことのない複数の証人がある事柄についておなじことを言った場合、それがほんとうである可能性が大きいと。

それから、彼女はさらにつづけた。「しかし、いつもそうとは限らないわ。集団妄想ということもあるから。たがいに知らない人たちがおなじ間違った考えにとらわれることもあるし、法廷でも実際にそういうことがあったわ」

「たとえばどんな？」

彼は依然として息を切らせており、そう訊くだけでも辛そうだった。彼女が実例を考えているあいだ、彼は視線を上に向けたまま、彼女の顔を見ようとはしなかった。

「何年か前、この国で、当局によって両親からこどもたちが取り上げられ、両親がいわゆる悪魔的儀式《サタニック》による・児童虐待《アビューズ》で起訴されるということがあった。秘密の悪魔崇拝の儀式で、自分のこどもたちに恐ろしいことをしているとして、だれもがそういう親を激しく攻撃したの。警察も、ソーシャル・ワーカーも、検事も、新聞も、裁判官までも。けれども、その後、じつはなにもなかったことがあきらかになった。秘密の儀式もなければ、悪魔もいなかったし、虐待もなかった。なにも起こっていなかった。それは想像に過ぎなかった。そういう専門家や偉い人たち全員がおなじ妄想を、幻想を抱いていたのよ。最終的には、みんなが正気を取り戻して、深く恥じ入ることになった、あるいは、恥じ入るのが当然の結果になった。そして、ごくゆっくりと、こどもたちは家に戻されたんだけど」

フィオーナは自分でも夢を見ているかのように話していた。会話を聞いているマリーナは彼女がそんな話をしたことに困惑しているにちがいないとは思ったが、それでも彼女は穏やかな、いい気分だった。会ってから数分もしないうちに、少年に児童虐待の話をするなんて、この判事は何をしているつもりなのか？　宗教が、彼の宗教が集団妄想だと仄めかそうとしているのだろうか？　まずなんでもない雑談をしてから、わたしがなぜここに来たかはわかっているでしょう、というような感じで本題を切りだすのだろう、とマリーナは想像していたにちがいない。だが、フィオーナはそうはせずに、心に浮かんだことをまるで同僚相手みたいにしゃべりだし、すでに忘れられた一九八〇年代の当局の醜聞について話していた。マリーナがどう考えているかは問題ではなかった。彼女はこれを自分のやり方でやるつもりだった。

アダムはじっと横たわったまま、彼女が言ったことについて考えていた。やがて、彼は枕の上で首をまわして、彼女と目を合わせた。彼女はすでに十分威厳を損ないかねないことをしていたので、目をそむけることはするまいと決めていた。彼の呼吸はなんとか平静に戻っていたが、目つきは暗く、重々しく、何を考えているのかわからなかった。それはしかし問題ではなかった。彼女自身はその日一日なかったほど落ち着いた気分になっていたからである。落ち着いている、とまでは言えないとしても、すくなくとも急かされている気分ではなかった。待っている法廷のプレッシャーや、迅速に決定する必要性、専門医による予断を許さない病状の見通しは、この密封された薄暗い部屋で少年を見つめ、彼が話すのを待っているあいだ、一時停止されていた。彼女がここに来たのは正しかった。

三十秒以上もじっと見つめ合うのは適切なことではなかったろう。けれども、思考が凝縮していくうちに、ベッドサイドの椅子の上に彼が何を見ているのか想像できる余裕ができた。ひとつの意見をもつもうひとりの大人、年配の婦人にはよくあることではあるが、ピントが外れているせいで、よけいに重みがない大人。

彼はしゃべりだす一瞬前に目をそらした。「悪魔について言えることは、やつが驚くほど巧妙だということなんだ。あいつは悪魔的な児童虐待とかなんとか、ばかげた考えを人々の頭に吹きこんで、それからそんなものはないことを証明させる。そうすれば、だれもが結局は悪魔なんてものは存在しないと思うようになるし、そのあとは好き勝手に最悪のことができるからさ」

会話を切りだす彼女のやり方としては、これもまたいつもとは違っていた——彼の得意な分野にとどまったのである。悪魔はエホバの証人が考える世界の構造のなかでは実在するものと見なされている。彼女がざっと目を通した資料によれば、悪魔は世界の終末を準備するために一九一四年十月に地上に降り立ち、各国政府や、カトリック教会、さらにとりわけ国際連合を通して悪を働きかけ、まさにハルマゲドンのために備えなければならないときに、各国のあいだに協調の種を蒔くことで悪を助長しようとしているのだという。

「かってに白血病であなたを殺そうとすることもできるの？」

あまりにも直接的な言い方すぎたかもしれないと思ったが、少年にはティーンエイジャーの見栄っ張りな回復力の早さがあり、ぐっと耐えた。「そう。そういうことさ」

「それで、あなたはかってにやらせておくつもり？」

彼は背もたれを背中で押して上体を起こすと、尊大な教授かテレビの評論家の真似をして、じっと考えているみたいに顎をさすった。彼女をばかにしていたのである。

「まあ、そう訊かれれば、ぼくは神の命令に従うことでやつを粉砕してやるつもりだと答えるしかないな」

「それは、そうさせるという意味？」

彼はその質問は無視して、ちょっと間をあけてから言った。「あなたはぼくの考えを変えさせるため、改心させるために来たんでしょう？」

「とんでもない」

「いや、そうさ！　そうだと思う！」彼はふいに悪戯っぽい、挑発的なこどもになった。ベッドカバーの上から膝を弱々しく抱えながら、彼はふたたび興奮し、あざけるような声で言った。

「どうか、ぼくを正しい道に引き戻してください」

「わたしがなぜここに来たか言うわ、アダム。自分が何をしようとしているか、あなたにわかっているのかどうかを確かめるためよ。あなたはこういう決定をするにはまだ若すぎるから、両親や長老たちの影響を受けているにちがいないと考えている人たちもいるし、反対に、あなたはきわめて頭がよくて、判断能力があるのだから、あなたの好きにさせるべきだと考えている人たちもいるから」

どぎつい照明のなかで、彼はじつに鮮やかに浮き上がって見えた。乱れた黒い髪が病衣の襟元でカールして、大きな黒っぽい目がキョトキョト落ち着きなく彼女の顔をうかがった。彼はどんな詭弁や誤魔化しも見逃すまいとしていた。ベッドカバーやシーツからはタルカムパウダーか石けんの匂い、彼の息からはなにかしら希薄な、金属的な匂いがした。朝晩の薬のせいだろう。

「それで」と彼はいかにも知りたそうに言った。「これまでのところの印象は？　ぼくはどんな感じなのかな？」

彼はたしかに彼女をからかおうとしていた。彼女をもっと別の場所に、自分が彼女のまわりを踊ってまわれるような、もっと自由な場所に引き戻して、またなにか不適切で面白いことを言わせようとしていた。ふと気づいたのは、この知的に早熟な若者は刺激がなくて、ただ退屈しているのだろうということだった。自分自身の生命を脅かすことによって、彼がスタートさせた魅力的なドラマでは、どの場面でも自分が主役であり、ベッドサイドには大物の大人たちが次々にやってきて、彼に取り入ろうとしていた。もしもそういうことならば、彼女はますますこの少年が好きになった。深刻な病気も彼の生命力を窒息させられなかったのだから。

で、彼はどんな感じだったのか？「これまでのところ、かなりいい感じね」と、リスクを冒していることを意識しながら、彼女は言った。「あなたはかなりしっかりした考えをもっているという印象だわ」

「それはありがとう」と彼はあざけるような甘い声で言った。

「でも、それは単なる印象かもしれないわ」

「ぼくはいい印象を与えたいんだ」

彼の態度には、ユーモアには、知能の高い人にありがちな不謹慎さがあった。だが、それは自己防衛でもあり、実際にはひどく怖がっているにちがいなかった。そろそろぎゃふんと言わせてやるべきときだろう。

「あなたの決心が揺るぎないとすれば、実際的な事柄について話すことに異議はないはずね」

「どうぞ」

「専門医によれば、もしも輸血ができて、血球数を上げられれば、あなたの治療にさらに二種類の非常に効果的な薬を追加できるから、あなたはかなり迅速かつ完全に快復できるチャンスが相当にあるそうよ」

「ふうん」

「そして、輸血をしなければ、あなたは死ぬかもしれない。それはわかっているわね」

「もちろん」

「それからもうひとつ別の可能性があって、あなたがそれを考慮に入れていることを確かめる必要があるの。死ではなくて、アダム、部分的な快復よ。あなたは視力を失うかもしれないし、脳損傷のおそれもあるし、腎臓がだめになるかもしれない。目が見えなくなって、頭がおかしくなって、これから一生透析をしなくちゃならなくなっても、神様は喜ぶのかしら？」

この質問は許容範囲を、法的な許容範囲を超えていた。彼女は薄暗い片隅に坐っているマリーナをちらりと見た。彼女は雑誌を下敷きにしてノートをひらき、手探りでメモを取っていたが、顔を上げようとはしなかった。

アダムはフィオーナの頭上の空間を見つめていた。白い苔に覆われた舌で湿った音を立てて、唇を舐めていた。いまや、彼の声にはふてくされたような響きがあった。

「神様を信じていないのなら、神様が喜ぶとか喜ばないとかいう話をすべきじゃない」

「わたしは信じていないとは言ってないわ。わたしが知りたいのは、あなたがこのことをよく考えてみたのかどうかということよ。これから一生病気になり、精神的か肉体的か、あるいはその両方の障害者になるかもしれないってことを」

「いやだ、いやだよ」彼は突然湧き出した涙を隠そうとして、さっと横を向いた。「でも、そういうことになるのなら、ぼくはそれを受けいれなければならない」

彼は動揺していた。彼女から顔をそむけながら、自分の傲岸さがどんなに簡単に萎んでしまうかを見られてしまったことを恥ずかしがっていた。かすかに歪んだ肘が弱々しく突き出しているように見えた。場違いなことに、ふと彼女の頭に料理のレシピが浮かんだ。バターとタラゴンとレモン風味のローストチキン。トマトとニンニクといっしょに焼いたナスと、オリーブオイルで軽く炒めたジャガイモを添える。この少年を家に連れていって、いやというほど食べさせてやりたかった。

彼らは話をある程度進めて、あらたな段階に達していた。彼女は別の質問でさらに先に進めようとしたが、そのとき、カリブ人看護婦が入ってきて、ドアを大きくあけたままにした。外では、彼女が空想した料理に呼び出されたかのように、茶色いコットンのジャケットを着た、アダムとたいして歳の違わない若者が、艶消しのスチール製容器を載せたワゴンの横に立っていた。

「夕食は待たせることもできるけど」と看護婦は言った。「三十分だけよ」

「我慢できるかしら？」とフィオーナがアダムに訊いた。

「できるよ」

フィオーナは椅子から立ち上がって、看護婦が通常どおり患者や監視装置をチェックできるようにした。看護婦は彼が興奮していることを見て取り、目のまわりが濡れていることにも気づいたにちがいなかった。出ていく前に片手で彼の頬をぬぐうと、ささやくような口調だったがはっきりと聞こえる声で「この方の言うことをよおく聞くのよ」と言った。

この中断で部屋のなかの空気が変わり、もとの椅子に戻ったとき、フィオーナはするつもりでいた質問をしなかった。その代わり、彼女はベッドの上のいろんな残骸のあいだにあった数枚の紙片を顎で指した。「詩を書いているそうね」

余計なお世話だとか、保護者ぶらないでほしいとか、冷ややかに拒絶されるのではないかと思ったが、話題が変わったことで、彼はむしろほっとしていた。その態度に偽りはなく、完全に無防備になっているようだった。なんとコロコロと気分が変わることか。

「できたばかりのやつがあるんだ。よかったら、朗読してもいいよ。とても短いんだけど。ちょっと待って」彼は体を横にまわして、彼女にまっすぐ向かい合った。そして、声を出す前に乾いた唇を湿した。またもやクリーム色の舌が現れた。こういうときでなければ、きれいだと思ったかもしれない。新しいおしゃれの仕方なのかもしれないと。

彼は信頼しきっているように言った。「法廷では、何と呼ばれているの？　〝裁判長《ユア・オナー》〟？」

「ふつうは〝裁判長《マイ・レディ》〟よ」

「マイ・レディ？　それはすてきだな！　ぼくもそう呼んでかまわない？」

「フィオーナでいいわ」

「でも、ぼくはマイ・レディと呼びたいんだ。いいでしょう？」

「わかったわ。それで、その詩はどうなったの？」

彼は枕に寄りかかって呼吸を整えた。彼女は待った。少年は前かがみになって、膝のそばにあった紙片に手を伸ばしたが、ひとしきり弱々しく咳きこんだ。それが終わると、細くてしわがれた声になった。いま、彼女に話しかけている口調には皮肉めいた響きはなかった。

「奇妙なのは、マイ・レディ、ぼくがいちばんいい詩を書くようになったのは病気になってからだということなんだ。どうしてそうなんだと思う？」

「教えて」

彼は肩をすくめた。「ぼくは夜中に書くのが好きなんだ。建物全体が閉まって、聞こえるのは不思議なこのブーンという音だけになる。昼間は聞こえないんだよ。ほら」

ふたりは耳を澄ました。夜の帳が降りるまでにはまだ四時間あり、いまはラッシュアワーの真っ最中だったが、ここは真夜中だった。しかし、彼女にはブーンという音は聞こえなかった。この少年の際立った美質は、その純真さ、初々しく激しやすい純粋さ、セクトの閉鎖性と関係があるのかもしれないこどもっぽい率直さなのだということに、彼女は気づきはじめていた。信徒はこどもたちをできるだけ部外者から遠ざけることを奨励されている、と彼女の読んだ資料にあった。ちょっと超正統派ユダヤ教に似ていた。彼女の親類の十代のこどもたちは、男の子も女の子も、みんなあまりにも早くこざかしい逞しさという皮膜で自己防衛するようになっていた。そういう誇張されたクールさもそれなりにかわいらしくはあり、大人になるために必要な過渡期ではあるが、アダムの世馴れなさはこの少年を愛おしく傷つきやすいものにしていた。彼女は彼の繊細さに、一枚の紙片を食い入るように見つめながら、おそらく自分の詩を読み上げる声を前もって頭のなかで聞いているらしい様子に心を動かされた。たぶん、この少年は家ではとても愛されているにちがいない。

彼はちらりと彼女の顔を見ると、息を吸って、読みはじめた。

わたしの運命は暗黒の淵に沈みこんだ、
悪魔がわたしの魂にハンマーを打ち下ろしたとき。
それは鍛冶屋のように大きくゆっくりと打ち下ろされ、
わたしは打ちのめされた。

しかし、悪魔は金箔を作り、
そのひだから神の愛が輝きあふれた。
道には黄金の光が敷きつめられ、
わたしは救われた。

まだつづきがあるかもしれないと思って、彼女は待っていたが、少年は紙片を下ろして、後ろに寄りかかり、天井を見上げながら言った。

「ぼくがこれを書いたのは長老のミスター・クロスビーから、もしも最悪の事態が起こるとすれば、それはみんなにすばらしい影響を与えるだろうと言われたあとなんだ」

フィオーナはささやいた。「そんなことを言われたの?」

「それはぼくたちの世界を愛で満たすことになるだろうって」

彼女は彼の代わりに要約してみせた。「それじゃ、悪魔がやってきて、あなたをハンマーで打ち据え、そのつもりはなかったのに、あなたの魂を金箔にしてしまったので、神の愛がそこに反射してみんなに注がれるようになり、その結果、あなたは救われ、死ぬことはたいしたことではなくなったというわけね」

「マイ・レディ、まさにそのとおりなんだ」と少年は興奮してほとんど叫ぶように言った。それから、口をつぐんで、ふたたび呼吸を整えなければならなかった。「看護婦さんたちはわかっていないと思う。さっきここに来たドナは別だけど。ミスター・クロスビーが『ものみの塔』に掲載されるようにしてくれるって」

「それはすごいわね。あなたには詩人としての将来が待っているかもしれない」

彼女の言わんとしたことを理解して、彼は笑みを浮かべた。

「ご両親はあなたの詩をどう思っているの？」

「母さんは気にいっている。父さんは、べつに悪くはないけど、病気から快復するのに必要なエネルギーをそのために使い果たしているんじゃないかと思っている」彼はふたたび体を横に向けて、彼女を正面から見つめた。「でも、マイ・レディはどう思っているの？　タイトルは『ハンマー』というんだけど」

あまりにも必死な目つきだった。認めてもらいたくてたまらないのがよくわかったので、彼女は躊躇した。それから、彼女は言った。「すこしだけど、ほんとうに、ほんのすこしだけど、本物の詩的才能を感じさせるところがあると思う」

彼はじっと見つめつづけていた。表情を変えずに、もっと聞きたがっていた。彼女は自分が何を言おうとしているかわかっているつもりでいたが、ふいに頭が空白になった。少年を失望させたくはなかったが、詩について論じたりする習慣はなかったからだ。

彼が言った。「どうしてそう思うの？」

わからなかった。少なくとも咄嗟には。ドナが戻ってくればいいのに。彼女が機械と患者のあいだをせわしなく動きまわっているあいだに、自分はあかない窓のそばに歩み寄って、ウォンズワース公園《コモン》を見下ろしながら、言うべきことを考える余裕ができればいいのに、と思った。けれども、看護婦はあと十五分は来ないことになっていた。ともかくしゃべりはじめれば、自分がどう思っているかわかるかもしれない。まるで学生時代に戻ったみたいだった。あのころは、たいていはうまく切り抜けられたのだが。

「かたち、形式についてだけど、短い二行のおかげで、うまく釣り合いがとれていると思う。あなたは打ちのめされ、それからあなたは救われる。二番目が一番目を克服するというところがいいわ。それから、鍛冶屋が打ち下ろす……」

「大きくゆっくりと」

「そう、大きくゆっくりと、というのはいいわ。とても凝縮された表現ね。すぐれた短い詩にはそういうところがあるものだけど」彼女は多少自信が戻ってくるのを感じた。「これは逆境のなかから、恐ろしい状況からでも、なにかいいものが生まれる可能性があると言っているんだと思う。違うかしら?」

「そうさ」

「この詩を理解するためには、好きになるためには、かならずしも神を信じている必要はないと思うけど」

彼はすこし考えてから、言った。「信じている必要があると思う」

彼女は言った。「いい詩人になるためには苦しまなければならないと思っているの?」

「すべての偉大な詩人は苦しんでいるにちがいないと思う」

「そう」

袖口を整えるふりをして腕時計を出し、少年には悟られないように膝の上のそれにちらりと目をやった。まもなく人々が待機している法廷に戻って、判決をくださなければならない。

だが、少年はそれを見て取った。「まだ行かないで」と彼は低い声で言った。「夕食が来るまでいてほしいんだ」

「わかったわ、アダム。ご両親はどう考えているのかしら？」

「母さんのほうがうまく対処している。あるがままに受けいれる人だから。わかるでしょ？　神の思し召しのままにとか。母さんはとても実際的で、いろんなことをみんな手配してくれている。お医者さんに話をしたり、ほかの部屋より広いこの部屋を確保してくれたり、バイオリンを見つけてくれたり。でも、父さんはどうしていいかわからないみたい。いつもは土木機械や従業員の監督をして、作業を進めさせることに慣れているから」

「輸血の拒否については？」

「どういうこと？」

「ご両親はあなたには何と言っているの？」

「べつに言うべきことはあまりないんだ。ぼくたちは何が正しいか知っているから」

まっすぐ彼女の目を見つめてそう言ったとき、彼の声にはすこしも挑むような響きはなく、本気でそう言っているようだった。彼も、彼の両親も、会衆も、長老たちも、自分たちにとって何が正しいかを知っているのだ。なんだか頭がくらりとして、空っぽになり、あらゆる意味が蒸発してしまったような気がした。少年が死んでも生きてもたいした違いはないのかもしれない、という不謹慎な考えが浮かんだ。大きな違いはなにもないのだろう。深い悲しみや、痛切な哀悼の念、懐かしい思い出は残るかもしれない。けれども、人生はどんどん先に進み、彼を愛した人たちが歳をとり、死んでいくにしたがって、そういうものはしだいに意味が薄れていき、最後にはなんでもなくなるのだろう。宗教や道徳観も、彼女自身のものも含めて、はるか彼方から見える山脈のなかに連なる峰——ほかより目立つほど高くもなく、重要でもなく、真実でもない峰みたいなものにすぎないのかもしれない。ならば、何について判決をくだせというのか？

彼女は頭を振って、そういう考えを振り払おうとした。ドナが入ってくる前にするつもりで、取っておいた質問があった。その質問を口にすると、すこし気分がよくなった。

「宗教的な論拠については、お父さんがある程度説明してくれたけど、わたしはあなたの言葉でそれを聞きたいわ。あなたが輸血を望まないのはほんとうはなぜなの？」

「なぜならそれは悪いことだからさ」

「つづけて」

「それは悪いことだと神様が言っているんだ」

「なぜ悪いことなのかしら？」

「なぜ悪いことなのか？　悪いことだとわかっているからさ。拷問や、殺人も、嘘をつくことも、盗むことも。拷問することで悪い人たちからいい情報を聞き出せたとしても、ぼくたちはそれが悪いことだと知っている。神様が教えてくれたから、ぼくたちはそれを知っているんだ。たとえ——」

「輸血は拷問とおなじなの？」
部屋の隅でマリーナが身じろぎした。アダムは息を切らせて途切れとぎれになりながら説明しはじめた。輸血と拷問が似ているのは、両方とも悪いことだという点だけだ。ぼくたちは心のなかでそれを知っている。彼はレビ記と使徒行伝を引用して、精髄としての血について語り、神の文字どおりの言葉や汚染について、頭のいい高校生《シックス・フォーマー》みたいに、学校のディベートのスター生徒みたいに長々とまくしたてた。自分の言葉に感動して、紫がかった黒っぽい目が光った。フィオーナはいくつかの言いまわしが父親からの借り物であることに気づいた。しかし、アダムは基本的な事実の発見者みたいに、教理の受容者というよりはその創設者であるかのように話した。彼女が聞かされているのは、忠実かつ情熱的に再現された説教だった。彼や仲間の信徒たちが自分たちにとっては自明の真理であるものによって生きようとするのを放っておいてほしいだけだと言ったとき、彼はまさにセクトの代弁者の顔をしていた。

　フィオーナはじっと少年の目を見つめて、ときおりうなずきながら、注意深く聞いていた。そして、ようやく、自然な間があいたとき、立ち上がりながら言った。「はっきりさせておきたいのは、アダム、何があなたの最良の利益になるかを判断するのはわたしひとりだということよ。もちろんそれは知っているわね。もしもわたしがあなたの意志に反して、病院側が合法的に輸血できると決定したら、あなたはどう思うかしら？」

　彼は体を起こして、せわしなく息をしていた。その質問を聞いて、ちょっとがっかりしたようだったが、すぐににやりと笑った。「マイ・レディは余計な世話を焼くお節介だと思うでしょう」

　予期しなかったほど声が変わって、滑稽なくらい控えめな言い方になった。彼女が驚いたのが彼にもわかって、ふたりは同時に笑いだした。ちょうどハンドバッグとノートを抱え上げようとしていたマリーナは、困惑した顔をした。

フィオーナは、こんどは大っぴらに、腕時計に目をやった。「あなたはわたしたちのだれにもけっして負けないくらいしっかりした考えをもっていることを、かなりはっきり示したと思うわ」

彼は礼儀正しい真面目な口調で言った。「ありがとう。今夜、両親にそう報告するつもりだよ。でも、まだ行かないで。夕食はまだ来ていないんだから。もうひとつ詩はどう？」

「アダム、わたしは法廷に戻らなければならないの」だが、それにもかかわらず、彼女は少年の置かれている状況とは関係のないことを話したくてならなかった。彼女はベッドに置かれ、半分陰になっていた弓に目を留めた。

「行く前に、ちょっとだけ、バイオリンを見せてもらえないかしら？」

ケースはロッカーの横の床の上に、ベッドの下に置かれていた。彼女はそれを持ち上げて、彼の膝の上に置いた。

「これは初心者向けのスクール・バイオリンにすぎないんだけど」と言いながら、それでもとても慎重に取り出して、彼女に見せた。ふたりはその黒い縁取りや、繊細な渦巻模様、栗色の木製の輪郭を惚れぼれと眺めた。

彼女が塗装された表面に片手を置くと、彼もそのすぐそばに手を置いた。「美しい楽器ね。むかしからこの形にはどこかとても人間的なところがあると思っていたけど」

彼はロッカーに手を伸ばして、初心者用の教則本を取り出した。彼女は演奏させるつもりはなかったのだが、止めることはできなかった。病気と無垢な熱意が彼を難攻不落にしていた。

「練習をはじめてちょうど四週間なんだ。十曲弾けるようになった」そう自慢されると、なおさら止められなかった。彼は焦れったそうにページをめくり、フィオーナはマリーナを振り返って、肩をすくめた。

「でも、この曲がいままでいちばんむずかしいんだ。シャープがふたつで、ニ長調だから」

フィオーナは楽譜を反対側から覗きこんで、「ロ短調かもしれないわ」と言った。

だが、それは少年の耳には入らなかった。彼はすでに上体を起こし、顎の下にバイオリンを挟みこんで、弦のチューニングもせずに弾きだした。彼女はその曲をよく知っていた。その悲しく美しいメロディ、アイルランドの伝統的な歌曲を。イェーツの詩として知られる〈サリーの庭〉。彼女はベンジャミン・ブリテンの編曲で、マーク・バーナーの伴奏をしたことがあった。それは彼らのアンコール曲のひとつだった。アダムは引っかくような音で、もちろんビブラートも付けずに演奏したが、二、三箇所間違えたところを除けば、音程は正しかった。その悲しげな曲とあまりにも希望に満ちた、あまりにも生々しい演奏が、彼女がこの少年について理解しかけていたすべてを表していた。彼女は詩人の悔恨の言葉をそらんじていた。〈けれども、わたしは若くて愚かだった……〉アダムの演奏を聴いていると、彼女は心を動かされた。掻き乱されたとさえ言えるかもしれない。バイオリンを、いや、どんな楽器でも、習いはじめるのは希望を秘めた行為であり、それは未来を暗示しているからだ。

彼が演奏を終えると、彼女とマリーナが拍手して、アダムはベッドのなかでぎこちなく頭を下げた。

「驚いたわ！」

「すばらしい！」

「しかも、わずか四週間で！」

フィオーナは、感激を抑えつけるために、細かいポイントを指摘した。「この調ではCの音にシャープが付いているのを忘れないように」

「ああ、そうだった。一遍に考えなきゃならないことがたくさんありすぎるんだ」

それから、彼女は自分でもまさかと思うような、自分の権威を傷つけかねない提案をした。そのときの状況が、外界から隔離された、常に薄闇に包まれている部屋そのものが、自由な気分を促したのかもしれない。だが、それよりも、アダムの演奏が、その緊張して打ちこんでいる表情が、悪意のない憧憬があまりにも剝きだしになっている、その引っかくような初心者ぽい音が、彼女を深く感動させ、そんな衝動的な提案をさせたのだろう。

「じゃ、もう一度演奏して。今度はわたしが唄をうたうから」

マリーナは立ち上がって、眉をひそめた。おそらく口を挟もうかどうか迷っていたのだろう。

アダムが言った。「歌詞があるとは知らなかった」

「そう、あるのよ。とても美しい歌詞が、二番まで」

いじらしいほどの厳粛さで、彼はバイオリンを顎に挟み、彼女を見上げた。彼が演奏をはじめると、フィオーナは楽に高い声が出せることを発見して満足した。じつは、むかしから声にはひそかに自信をもっていたのだが、まだグレイ法曹院の聖歌隊メンバーだったころ、その一員としてうたったのを除けば、美声を発揮できるチャンスはほとんどなかったのである。今度は、バイオリニストはCシャープを忘れなかった。一番をうたっているときには、ふたりともおずおずして、ほとんど申し訳なさそうだったが、二番になると、彼らは目を合わせ、いまやドアのそばに立ち尽くして、驚いた顔をしているマリーナのことなどすっかり忘れていた。フィオーナは大声でうたい、アダムのぎごちない弓も大胆になり、懐古的な悲歌の悲しみに満ちた精神を高らかにうたいあげた。

川のほとりの草原に、恋人とわたしは立っていた。
もたれかかるわたしの肩に、彼女は雪のように白い手を置いた。
楽に生きてほしいと彼女は言った、堰の上に生えている草みたいに。
けれども、わたしは若くて愚かだった。そして、いま、涙にくれている。

ふたりが演奏を終えたとき、茶色いジャケットの若者がワゴンを押して部屋に入ってきた。艶消しスチールの皿《プレート》カバーが楽しげなチリチリいう音を立てた。マリーナは外に出て、ナース・ステーションに行った。

アダムが言った。「〈もたれかかるわたしの肩に〉というところがいいね。そうでしょう？ もう一度やろうよ」

フィオーナは首を横に振って、彼からバイオリンを取り上げると、ケースのなかに収めた。

「〈楽に生きてほしいと彼女は言った〉」と彼女は歌詞を引用した。

「もうちょっとだけいて。おねがい」

「アダム、わたしはもうほんとうに行かなくちゃならないのよ」

「それじゃ、Eメールのアドレスを教えて」

「メイ高等法院裁判官《ミセス・ジャスティス・メイ》、王立裁判所《ロイヤル・コート・オヴ・ジャスティス》、ストランド街。それで届くわ」

彼のほっそりとした冷たい手首の上にちょっとだけ手を置いて、それから、それ以上抗議や哀願の声を聞きたくなかったので、後ろを見ずにドアに向かい、弱々しく問いかけられた質問にはなんとも答えなかった。

「また来てくれる？」


ロンドン中心部への帰り道はそれほど時間がかからず、そのあいだふたりは口をきかなかった。マリーナは夫とこどもに長々と電話し、フィオーナは判決のためのメモを取った。裁判所には正面玄関から入って、ただちに自分の部屋に行くと、ナイジェル・ポーリングが待っていた。彼は、あす、必要なら一時間前に通知することで、控訴院が開廷されるようにすべての手筈が整えられていることを確認した。また、今夜の審理は、報道関係者が全員入れる広さの法廷に移されたとのことだった。

彼女が法廷に入っていき、全員が起立したのは、九時をまわったばかりのときだった。一同が席に着いたとき、彼女はジャーナリストがやきもきしているのを感じた。判決が簡潔だったとしても、記事はせいぜい最終版に間に合わせるのが精一杯だったからである。彼女のすぐ目の前には、さまざまな法律上の代理人とマリーナ・グリーンが、スペースはもっと広くなっていたが、以前とおなじように並んでいた。ただし、ミスター・ヘンリは弁護士の背後にひとりで坐り、妻の姿は見えなかった。

腰をおろすとすぐに、フィオーナはお定まりの序文からはじめた。

「病院当局は、本人の希望に反して、十代の少年Aを、彼らが医学的に適切だと見なす――今回のケースでは輸血を含む――通常の処置による治療を行なうため、緊急に裁判所の許可を求めています。彼らは特定事項命令というかたちでこの救済措置を求めています。四十八時間前に提出されたこの申立ては、当事者の一方だけによるものでしたが、担当裁判官として、彼らによる保証を条件に、わたしはそれを受理しました。わたしはカフカスのミセス・マリーナ・グリーンといっしょに、病院のAに面会に行って、たったいま戻ったところです。一時間にわたって彼と面談しましたが、病状がきわめて悪いのは見た目にもあきらかでした。しかし、彼の知的能力はまったく損なわれておらず、きわめて明晰に自分の希望を説明することができました。担当の専門医が本法廷に語ったところによれば、あすにはAの状態は生死に関わる問題になるということであり、火曜日の夜のこんなに遅い時刻に判決をくだすことにしたのはそのためです」

フィオーナは弁護士、事務弁護士、マリーナ・グリーン、ならびに病院の名前を挙げて、迅速な解決が必要とされるむずかしい案件に関する決定をくだすために協力してくれたことに感謝した。

「両親は、冷静沈着に表明された確固たる宗教的信念に基づいて、この申立てに異議を唱えています。また、彼らの息子も異議を唱えていますが、彼は宗教的原理をよく理解しており、彼の年齢にしてはかなりの成熟度と自分の考えを明確に表現できる能力をもっています」

それから、彼女は医療の歴史、白血病、一般に予後が良好だとして認められている治療法について説明した。しかし、通常投与される二種類の薬は貧血を引き起こし、そのためそれを抑えるために輸血が必要になる。彼女は専門医による証言を要約して、とりわけヘモグロビン量の低下と、それを反転させられなかった場合の恐ろしい予後を指摘した。Aの息切れがいまやあきらかであることは、彼女自身が個人的に確認できた。

申立てに対する異議は主に三つの論拠に基づいている。Aが十八歳までにわずか三カ月しかなく、きわめて知的で、自分の決定の結果を理解しており、ギリック能力があるものとして、すなわち、その意思決定についてはおとなじように認めるべき価値があるものとして扱うべきだということ。治療の拒否は基本的人権であり、したがって、法廷の介入は最小限にすべきであること。そして、第三に、Aの信仰は正真正銘のものであり、それは尊重されるべきだということである。

フィオーナはその三点を順番に取り上げた。彼女は両親の弁護士に対して一九六九年家族法改正法第八条の関連条項に注意を促してくれたことに感謝した。十六歳の者の治療への同意は「その者が成人年齢に達している場合と同様に効力を有するもの」とすべきだという条項である。彼女はスカーマン判決を引用して、ギリック能力の条件を詳しく説明した。そして、能力のある十六歳未満の未成年者が、両親の望みに反するおそれのある治療に同意する場合と、十八歳未満の未成年者が救命治療を拒否する場合との差異を認めた。その夜彼女が観察したところによれば、Aは彼自身と彼の両親の願いが認められることがどういう意味をもつか完全に理解していると見なせるのかどうか？

「彼が特別なこどもであることに疑いの余地はありません。今夜、看護師のひとりが言ったように、愛らしい少年だと言えるでしょうし、ご両親もそれに同意されるのは確かでしょう。十七歳の少年にしては、彼は例外的な洞察力をもっています。しかし、これから直面しなければならない試練について、苦痛と不自由が増大するとともに襲いかかってくる恐怖については はっきりした考えをもっていません。実際、苦しみがどういうことなのかについては、彼はロマンチックな考え方をしているのです。しかしながら……」

彼女はその言葉が宙吊りになるままにした。メモに目を落としているあいだに、部屋の静寂がいちだんと深まった。

「しかしながら、わたしの最終的な考えは、彼が自分の状況を十分に理解しているかどうかには左右されません。わたしはその代わり、当時のウォード高等法院裁判官のE（未成年者）に関する判決、やはりエホバの証人のティーンエイジャーに関する判決を指針とします。この判決のなかで、彼は『したがって、わたしの判断で最優先されるのはこどもの福祉であり、わたしはEの福祉のために何が必要かを判断しなければならない』と指摘しています。この所見は一九八九年児童法で明確な差止命令として明文化されましたが、同法はその冒頭でこどもの福祉が最優先されると宣言しています。わたしはこの〝福祉〟には〝福利〟と〝利益〟が含まれているものと解釈します。また、わたしはAの望みも考慮に入れなければなりません。これはすでに述べたことですが、彼の父親が本法廷でそうしたように、彼もわたしに自分の望みを明確に表明しています。聖書の三箇所の文言の独特な解釈から引き出された彼の宗教の教義に基づいて、Aは自分の命を救える可能性のある輸血を拒否しているのです。

「治療拒否は成人の基本的人権のひとつであり、本人の意志に反して成人を治療することは、刑法上の暴行罪を犯すことになります。Aは自己決定できる年齢に近づいています。彼が宗教的信念のために死ぬ覚悟でいるという事実は、その信念がいかに揺るぎないかを証明しています。彼の両親があきらかに愛しているこどもを信仰のために犠牲にする覚悟をしているという事実は、エホバの証人が信奉している教義がいかに強力なものかを示しています」

そこで彼女はふたたび間を置いた。傍聴人たちはじっと待った。

「わたしに躊躇させるのはまさにこの強力さなのです。というのも、Aは、十七歳にして、宗教的・哲学的思想という激変する領域において、ほとんどほかのものを経験したことがないからです。会衆全体——彼らはみずから、ぴったりだと言う人もいるかもしれませんが、『ほかの羊』と呼んでいます——のなかでオープンな議論をしたり異論を闘わせることを奨励するのは、このキリスト教セクトのやり方ではありません。Aの考え方や彼の意見が完全に彼自身のものだとは、わたしには思えないのです。こども時代を通じてAは強力な世界観に絶えずモノクローム的にさらされてきたのであり、それによって条件付けられずにはいられなかったでしょう。ひどい苦痛を伴う不必要な死を受けいれ、それによってみずからの信仰の殉教者になるというのは、彼の福祉を増進させることにはならないでしょう。エホバの証人も、ほかの宗教とおなじように、死後にわたしたちを待ち受けているものについて明確な観念をもっており、終わりの日の予言や終末論が揺るぎないものとして、詳細に語られています。本法廷は死後の生についてはどんな見解も取るものではありません。いずれにしても、それはいつかAが自分自身で見いだすか、見いださないことになるでしょう。それまでのあいだは、順調に回復できるとすれば、ですが、彼の福祉により資するところがあるのはその詩への愛、新しく見つけたバイオリンへの情熱、その生き生きとした知性の行使や悪戯好きで愛情こまやかな性格の表現であり、彼の前に横たわる人生と愛情のすべてでしょう。要するに、A、彼の両親および教会の長老たちは、本法廷の至高の考慮事項であるAの福祉に敵対する決定をした、とわたしは考えます。彼はそういう決定からは保護されなければなりません。彼は彼の宗教ならびに彼自身から保護されなければならないのです。

「本件はけっして容易に解決できる問題ではありませんでした。わたしはAの年齢も十分に考慮に入れ、その信仰にも然るべき敬意を払い、治療を拒否する権利に含まれる個人の尊厳についても考慮しました。わたしの判断では、彼の生命は彼の尊厳よりも価値があるということです。

「したがって、わたしはAおよび彼の両親の要望を却下します。わたしの指示および判決は以下のとおりです。両親である被告その一およびその二の輸血への同意権、ならびに、A本人である被告その三の輸血への同意権は不適用とする。したがって、中立人である病院が必要と見なすAの治療措置を続行することは、それが輸血による血液および血液製剤の投与を必要としうることを承知したうえで、合法的である」


フィオーナが裁判所から徒歩で帰宅の途についたときには、十一時ちかくになっていた。その時刻には、ゲートに錠が下ろされていたので、リンカーン法曹院を通り抜けることはできなかった。チャンセリー・レーンに入る前に、ちょっとフリート・ストリート沿いに足を延ばして、深夜営業中のコンビニエンス・ストアに出来合いの夜食を買いにいった。前の晩なら、侘しいお使いだと思っただろうが、いまはほとんど気にならなかった。ここ二日間まともに食べていなかったからかもしれない。狭苦しい、照明が明るすぎる店内に入ると、派手な包装の商品が、爆発するような赤や紫やスターバースト・キャンディの黄色が、棚の上で彼女の脈拍に合わせてドクドク脈打っていた。彼女は冷凍のフィッシュ・パイを買い、いくつかの果物を手にのせて重さを量ってから選んだ。レジでお金を出すときにへまをして、コインを床にばらまいてしまった。レジ係のすばしこいアジア系の若者が片足でそれをみごとに捕まえると、いたわるような笑みを浮かべて彼女の手のひらにコインを置いた。彼女はその若者の目に自分がどんなふうに映っているかを想像した。さぞ疲れ果てた女に見えることだろう。ジャケットの仕立てのよさはわからないか、気づかないだろうから、ひとりで住んでひとりで食事をしている無害な婆さん連中の、こんな深夜におもてに出てきたはいいが、もはやなにひとつまともにはできない婆さん連中のひとりだと思っているにちがいなかった。

〈サリーの庭〉を口ずさみながら、彼女はハイ・ホルボーンを歩いていった。果物と硬くて重い夜食のパッケージを入れたビニール袋が脚をかすめて揺れるのが心地よかった。パイを電子レンジで温めて、そのあいだにベッドの支度をしてしまおう。ドレッシング・ガウンに着替えて、二十四時間ニュース・チャンネルの前で食べれば、あとは彼女と眠りを隔てるものはなにもないはずだった。化学的な促進剤は要らないだろう。あしたはトップクラスの富裕層の離婚だった。有名なギタリストとまあまあ有名なその妻。このトーチソング歌手は、腕利きの弁護士を付けて、二千七百万という財産の大きな部分を要求していた。きょうと比べれば綿菓子みたいなものだが、マスコミの関心はおなじくらい高いだろうし、法廷はおなじくらい厳粛なものになるだろう。

通りを曲がってグレイ法曹院に、彼女の慣れ親しんだ聖域《サンクチュアリ》に入っていった。奥に行くにつれて街の喧騒が薄れていくのがむかしから好きだった。ちょっとした歴史のある、ゲートで仕切られた共同体。弁護士と判事たちの要塞だが、彼らは音楽家でもあり、ワイン愛好家でもあり、作家志望者、フライフィッシャー、語りの名人でもあった。そこはゴシップと専門的知識の巣窟であり、フランシス・ベーコンの理知的な精神がいまだに漂っている、とてもすてきな庭《ガーデン》だった。彼女はここが大好きで、離れたいと思ったことは一度もなかった。

建物に入ると、照明のタイム・スイッチが点いていることに気づいた。三階に向かって階段をのぼりながら、四段目と七段目がいつものように軋るのを耳にした。自分のフロアへ出る階段をのぼりきらないうちに、彼女はすべてを見て取って、たちまち事の次第を理解した。夫がそこにいたのである。ちょうど本を片手に立ち上がったところで、背後の壁に押しつけたスーツケースを椅子代わりにしていたようだった。ジャケットは床に置かれ、その横のブリーフケースはひらかれていて、そこから書類がこぼれていた。締め出されて、待っているあいだ仕事をしていたのだろう。そうして悪い理由があるだろうか？　彼はくしゃくしゃになり、苛立っていた。締め出されて、非常に長時間待っていたのだろう。洗いたてのシャツや本を取りにきたわけでないのはあきらかだった。それならスーツケースがそこにあるはずはないのだから。彼女の頭にとっさに浮かんだのは、気が重くなるような利己的な考えだった。それじゃ、ひとり分の夜食をふたりで分けなければならないのか。それから、そんなことはするものかと思った。そのくらいなら、むしろ食べないほうがマシだった。

最後の数段を上がって、自分のフロアに出ると、なにも言わずにバッグから鍵を、新しい鍵を取り出して、彼を迂回してドアに歩み寄った。最初に口をひらくのは彼の仕事だろう。いかにも不満そうな口調だった。「一晩中ずっと電話していたんだぞ」

彼女はドアの鍵をあけて、振り返りもせずになかに入ると、キッチンに行って、テーブルにドスンと荷物を降ろし、そこで立ち止まった。心臓の鼓動があまりにも速すぎた。夫がいかにも不機嫌そうな息づかいで荷物を運びこむ音が聞こえた。対決は、いまはしたくなかったが、もしも避けられないのだとすれば、キッチンは狭すぎた。彼女はブリーフケースを取り、足早に居間に入って、いつもの寝椅子に陣取った。そして、周囲に防壁を築くかのように、まわりにいくつかの書類をひろげた。書類がなければ、どうしていいかわからなかったからである。

ジャックがスーツケースを引っ張るゴロゴロという音が廊下の奥へ向かい、ベッドルームへ入っていったのが、彼女には相手からの第一撃のように思えた。しかも、侮辱的な一撃に。習慣から、彼女は靴を脱ぎ捨て、手当たり次第に書類を取り上げた。ギタリストはマルベーリャに設備のよさそうな別荘をもっていたが、トーチソング歌手はむしろ自分のものだと思いたがっていた。しかし、それは結婚前に、彼が前妻から、ロンドン中心部の家を明け渡すことと引き替えに獲得したものだった。しかも、その前妻が別荘を手に入れたのは、最初の夫との離婚調停の結果だった。それは本件とは関連性がありません、とフィオーナは思わず裁定をくださずにはいられなかった。

床の軋る音に、彼女は顔を上げた。ジャックが部屋の入口で立ち止まり、飲みもののほうへ向かおうとしていた。ジーンズに胸までボタンをあけたワイシャツ。自分に魅力があると思っているのだろうか？　ひげを剃っていないのがわかった。部屋の反対側からでさえ、無精ひげが白や灰色なのが目についた。情けなかった。彼らはふたりとも情けなかった。彼はスコッチを注いで、彼女のほうにボトルを上げて見せた。彼女は首を横に振った。彼は肩をすくめて、部屋を横切って自分の椅子に歩み寄った。彼女は人の興をそぐ女、その場の空気を読もうともしない女なのだ。彼は腰をおろして、ほっとしたようなため息を洩らした。彼の椅子、彼女の椅子、戻ってきた結婚生活。彼女は手のなかの書類に目をやった。ギタリストの魅力的な世界に関する妻の陳述はすこしも頭に入らなかった。彼が飲んでいるあいだ、沈黙が流れ、彼女は部屋の反対側を、とくに何をでもなく、ぼんやりと眺めていた。

それから、彼が言った。「ねえ、フィオーナ、ぼくはきみを愛しているんだ」

数秒経ってから、彼女は答えた。「できればスペアルームで寝てほしいわ」

彼は承諾のしるしに頭を下げた。「スーツケースを移すよ」

彼は立ち上がらなかった。口には出さなかったことの生命力を、その目に見えない言霊がいまや自分たちのまわりを踊りまわっていることを、ふたりはよく知っていた。彼女は彼にフラットから出ていけとは言わなかった。暗黙のうちに、彼がここで眠ることを認めたのである。彼は統計学者に追い出されたのか、自分の気が変わったのか、それとも、もうこれで死んでもいいというほど十分にエクスタシーを味わったのか言わなかった。鍵を替えたことについてもふれなかった。彼は彼女がこんなに遅く帰ってきたことを疑っているのかもしれない。彼がそこにいることが彼女にはほとんど耐えがたかった。いまや大喧嘩は避けられないだろう。長々とつづく、いくつもの章から成る大喧嘩。憤激に駆られた脱線もあるだろうし、彼の改悛の言葉は不平に包まれたものになるだろう。彼女が彼をベッドに迎え入れるまでには何カ月もかかるかもしれないし、もうひとりの女の亡霊が永遠にふたりのあいだから消えないかもしれない。けれども、かつてふたりが分かち合っていたものを、多かれ少なかれ、取り戻す道を見つけることにはなるのだろう。

　そのために必要な厖大なエネルギーのことや、それが予想どおりに進んでいくだろうことを考えると、彼女はますますうんざりした。にもかかわらず、それを逃れる術はなかった。退屈だが必要ではある法律のマニュアルを書く契約があり、いまさらそれを履行しないわけにはいかないかのように。結局、一杯飲みたいような気がしてきたが、それではまるで祝杯をあげているように見えそうだし、彼女はまだ仲直りする気分にはほど遠かった。そして、とりわけ、彼女を愛しているという台詞をもう一度聞くことには耐えられなかった。むしろ、ベッドでひとりになりたかった。暗闇のなかに仰向けに寝て、フルーツでもかじって、食べ残しが床に転がるのもかまわずに、意識を失ってしまいたかった。なぜそうしてはいけないのか？　彼女は立ち上がって、書類を掻き集めはじめた。そのときだった、彼がしゃべりだしたのは。

　それはどっとあふれ出た奔流だった。なかば謝罪、なかば自己正当化で、すでに聞いたことのある部分もあった。彼自身もいつかは死ぬこと、長年完璧に貞操を守ってきたこと、どんな感じなのかという好奇心をどうしても抑えられなかったこと、あの夜、家を出たとき、メラニーの家に着いたとき、ほとんどすぐに彼は自分の誤りを悟った。メラニーは見知らぬ女で、彼は彼女を理解していなかった。そして、彼女といっしょにベッドルームに入ったとき……。

　フィオーナは押し止めるように手を上げた。彼女はベッドルームのことは聞きたくなかった。彼は口をつぐみ、ちょっと考えてから、つづけた。自分の生理的欲求に駆り立てられるなんてばかだった、と彼は悟った。あの夜すぐに引き返すべきだったが、彼女がドアをあけたとき、それではあまりにもバツが悪く、そのままつづけざるを得なかった。

ブリーフケースをお腹に押し当てたまま、フィオーナは部屋のまんなかに立ち尽くし、彼をじっと見守りながら、どうすれば黙らせられるのだろうと考えていた。彼女が驚いていたのは、結婚生活最大のドラマの第一幕がはじまっているというのに、いまだに頭のなかであのアイルランド民謡が鳴っていることだった。それはジャックのおしゃべりのリズムに合わせてテンポを上げ、まるで手回しオルガンで奏でられているかのように、機械的な浮き浮きした調子になっていた。彼女の感情は混乱し、疲労でぼんやりしていた。夫が訴えかける言葉の奔流に呑みこまれているかぎり、自分がどう感じているのかはっきり言うのはむずかしかった。それは激しい憤怒や恨みではなかったが、だからといって単なるあきらめでもなかった。

そうなんだ、とジャックは言った。メラニーのフラットに着いたとき、彼は愚かにもはじめてしまったことはつづける義務があると感じていた。「そして、罠にはまったのを感じれば感じるほど、自分がどんなにばかだったかを思い知らされた。わたしたちがもっていたすべてを危険にさらすなんて、わたしたちがいっしょに築いてきたなにもかもを、わたしたちのこの愛――」

「きょうはとても長い一日だったのよ」と、部屋を横切りながら、彼女は言った。「あなたのスーツケースは廊下に出しておくわ」

彼女はキッチンで立ち止まって、テーブルの上の買い物からリンゴとバナナを取った。それを手に持ってベッドルームに向かったとき、職場からの帰り道、比較的気分よく歩いていたことを思い出した。ちょっとゆったりした気持ちになりかけていたのだ。いまでは、それを取り戻すことはできなかったけれど。部屋のドアをあけると、夫のスーツケースがベッドの横にすまし顔で立っているのが目に入った。そのときだった。ジャックの帰還について自分がどう感じているかをはっきり悟ったのは。じつに単純なことだった。彼の不在がもっと長くつづかなかったことにがっかりしたのだ。もうすこしだけいないでいてほしかったのに。ほんのすこしだけ。がっかりだった。

4

実際にそうだったという証拠はないが、彼女の印象では、二〇一二年夏の終わり、イギリスでは結婚または内縁関係の破綻や危機が異常な大潮みたいにふくれ上がり、家族全員を押し流して、家財や希望に満ちた夢をばらばらにし、強力な生存本能をもたない人たちを溺れさせていたような気がする。愛の約束は否定されるか書きなおされ、かつての気心の知れた伴侶が狡猾な戦闘員になって、費用には糸目も付けずに、弁護士の背後にしゃがみ込んだ。以前は顧みられることもなかった家庭内の品物が激しい争奪戦の対象になり、かつての気安い信頼は慎重に言葉を選んだ〝取り決め〟に取って代わられた。本人たちの頭のなかでは、結婚生活の歴史は書き換えられて、初めから破綻する運命になっていたことになり、愛は錯覚だったとされた。そして、こどもたちは？　彼らはゲームの取引材料にされ、母親には切り札として使われ、父親からは経済的にも感情的にも無視されて、現実のあるいは空想のあるいは意地悪く捏造された虐待が、たいていは母親側から、ときには父親側から告発された。呆然としたこどもたちは、共同養育協定によって、毎週ふたつの家庭のあいだを行ったり来たりして、置き忘れられたコートや筆箱のことが一方の弁護士によって他方に向かって甲高い声でがなり立てられた。目的をもつ大部分の男たちは、できたての新家庭という鍛冶場に入りこんで姿を消し、新しい子孫の製造に精を出しはじめたので、こどもたちは月に一、二回しか、あるいはまったく父親には会えないことになった。

そして、お金は？　半分だけの真実や個別的な条件ばかりを取り上げる弁論が新しい硬貨鋳造法になった。欲の深い夫が欲深い妻に対抗して、戦争が終わったときの国家みたいに、最後に撤退する前に廃墟からできるかぎりの戦利品をもぎ取ろうとした。男は外国の口座に資金を隠し、女は安楽な暮らしが永遠につづけられることを要求した。母親は裁判所の命令にもかかわらず父親をこどもに会わせず、父親は裁判所の命令にもかかわらずこどもへの支援を怠った。夫は妻やこどもに暴力をふるい、妻は嘘つきで悪意に満ち、いずれかあるいは両方の当事者が酒に酔うか、麻薬で頭が混乱するか、精神病を患い、ここでもまたこどもたちが、不適格な親の世話をせざるを得なかったり、性的ないし精神的あるいはその両方の虐待を受けて、その証拠がスクリーンを通して法廷に提供された。さらに、フィオーナの手の届かない、家事部というよりは刑事法廷で審理される事件では、こどもたちは拷問されたり、餓死させられたり、殴り殺されたりしていたし、精霊信仰《アニミズム》的儀式で体から悪霊をたたき出されたり、恐ろしい若い継父がよちよち歩きの幼児の骨をたたき折ったり、それを頭の鈍い従順な母親がただ眺めていたりした。麻薬、飲酒、極端に不潔な家庭、悲鳴に耳をふさぐ無関心な隣人、不注意ないしは忙しすぎて、手を差し伸べられないソーシャル・ワーカー。

家事部の仕事はつづいていった。そんなにも多くの離婚紛争がフィオーナにまわされたのは、リスト作成上の偶然であり、彼女自身がおなじ問題を抱えていたのも偶然の巡り合わせだった。こういう仕事では人を刑務所に送りこむことはめったになかったが、それでも、ちょっと手が空いたときには、こどもを犠牲にしてもっと若い妻やもっと金持ちあるいは退屈でない夫のもとに走ったり、別の郊外、新鮮なセックス、新鮮な愛、新しい世界観、手遅れにならないうちにすてきな再出発を望む、そういう当事者たち全員を刑務所に送ってやりたいと考えたりした。それこそ単なる快楽の追求であり、俗受けのするインチキな道徳観でしかないのだから。とはいっても、彼女自身こどもがないことやジャックとの状態がそういう白昼夢を掻き立てたのだろうし、もちろん、本気で考えたわけではなかったので、そういうものは個人的な精神の領域に深く埋めこんで、それが自分の判決に影響を与えることは許さなかった。自分の家族を引き裂いておいて、本人は無私無欲に振る舞っていると信じこんでいる男や女たちに対する清教徒的な軽蔑。この思考実験では、こどものいない人間も、少なくともジャックは、例外にはしていなかった。目新しさを求めて結婚生活を汚染した罪で、スクラブズ刑務所で魂を清めてくるがいいのだ。そうして悪いわけはないだろう?

彼が戻ってきてから、グレイ法曹院の家での生活は静かだったが、神経がピリピリしてもいた。何度かは口論もして、彼女は苦々しい思いをいくらかは吐き出した。けれども、十二時間もすると、おなじ思いが結婚式の誓いの言葉に劣らぬ熱烈さでよみがえり、なにひとつ変わらなかったし、すこしも〝すっきり〟はしなかった。彼女は裏切られたままだった。彼は弁解の言葉に色を付けて、むかしからの不平を織り交ぜ、彼女が彼を孤立させたのだとか、彼女が冷たかったからだとか言った。ある夜には、彼女が〝すこしも面白くない〟とか、〝遊び心を失ってしまった〟

とさえ言った。彼のあらゆる非難のなかで、それがいちばん不快だったが、それはたしかにそのとおりだと感じていたからだった。だからといって、彼女の怒りが減じたわけではなかったけれど。

少なくとも、彼はもはや彼女を愛しているとは言わなかった。最後に言い合いをしたのは十日前だったが、彼らはすでに言ったことのあるすべてを、あらゆる非難、あらゆる答え、あらゆる考え抜いたうまい言いまわしをもう一度繰り返し、しばらくすると、相手にも自分自身にもうんざりして退却した。そのとき以来、なにもなかった。彼らは毎日動きまわり、街の別々の場所で仕事をして、いっしょにアパートメントに閉じこめられたときには、スクエアダンスを踊る男女みたいに品良く距離を保って歩きまわった。家のなかの問題で相談しなければならないときには、手短に、礼儀正しさを競うようにした。いっしょに食事するのは避け、別々の部屋で仕事をしたが、壁越しに相手の放射性存在をひりひりするほど意識することで気を散らされた。相談したわけではないが、同伴での招待はすべて断った。彼女がただひとつ譲歩したのは、彼に新しい鍵を渡したことだった。

そのはぐらかすような、不機嫌な言い方から察するに、彼は統計学者のベッドルームで天国への門をくぐり抜けたわけではないようだった。だからといって、安心できるわけではなかったけれど。彼はもっと別の場所でやってみようとするかもしれず、いまや正直さというみじめな束縛からは自由になっているらしいので、もしかするとすでにやっているのかもしれなかった。〝地質学の講義〟というのは便利な口実にすぎないのかもしれない。彼女は、メラニーと関係をもつなら別れると言った自分の約束を思い出した。けれども、そんな大々的な問題解決の動きを始動させる時間的余裕はなかったし、彼女自身まだ決断できないでいる部分もあった。自分の現在の気持ちを信用しきれなかったのである。出ていってからもっと時間的余裕があったなら、はっきりした結論を出して、結婚生活を終わらせるにせよ再建するにせよ、建設的な動きができたろうと思うのだが。というわけで、彼女はいつものように仕事に身をゆだねながら、ジャックとの半分だけの生活という寒々しいドラマをなんとか一日ずつ生き延びていた。

姪のひとりが週末のあいだこどもたちを、八歳の一卵性双生児の娘たちを預けていったときには、注意が外に向けられて、アパートメントが広くなり、問題は簡単になった。ジャックは二晩、居間のソファで眠ったが、こどもたちはなにも訊かなかった。背筋のまっすぐな、古いタイプの女の子たちで、真面目だけれど親しみがもてたが、ときおり爆発するような大喧嘩をしないわけでもなかった。そのうちのひとりかもうひとりが——見分けるのは簡単だった——が本を読んでいるフィオーナを探し出して、信じきっているように片手を彼女の膝に置き、銀鈴を鳴らすような声でいろんな出来事や自分の考えや想像したことを話した。フィオーナもそれに合わせて自分の物語を語った。そんなふうにしているとき二度、自分が話しているあいだに、その子に対する愛情がどっとこみあげて、喉が詰まり、目がチクチクしたものだった。彼女は歳をとって、愚かになったような気がした。ジャックがいかにこどもの扱いがうまいかを思い出させられると、穏やかな気分ではいられなかった。彼はぎっくり腰になるリスクを冒して、いつだったかフィオーナの弟の三人の息子たちにしてやったように、とんでもないばか騒ぎをしたが、少女たちは人間とは思えない絶叫の発作に襲われながらそれに夢中になった。家では、恨みを抱いて離婚した母親が、彼女たちを空中に逆さまに放り投げてくれたことは一度もなかったからである。彼はふたりを庭に連れ出して、自分で考案した風変わりなルールのクリケットを教え、少女たちがベッドに入るときには、うなるほどの滑稽なエネルギーとじつに巧みな声色で長々と物語を読んで聞かせた。

しかし、日曜日の夜、双子に迎えが来ると、各部屋はまたもとのサイズに縮んで、空気はよどみ、ジャックは説明もなく外出した——敵愾心からにちがいなかった。だれかに会いにいったのかしらと、それ以上は気分が落ちこまないようにせっせと動きまわり、スペアルームを片付けながら、彼女は考えていた。縫いぐるみをその住処である籐かごに戻し、ベッドの下に捨てられていた絵やガラスのビーズを回収していると、彼女は柔らかな悲しみに包まれた。こどもたちが急にいなくなると、ふいに漂う一種の懐かしさのようなものだった。その感覚が月曜日の朝にもまだ残り、職場へ向かって歩いているあいだにふくらんで、なんだかすべてが悲しかった。それがようやく薄れはじめたのは、彼女がデスクに着いて、その週の最初の事件の準備をはじめてからだった。

いつの間にか、ナイジェル・ポーリングが持ってきていたのだろう。ふと気がつくと、肘のすぐそばに郵便物が山積みになっていた。いちばん上に載っている小ぶりの淡いブルーの封筒が目に入ったとき、彼女はもうすこしで事務官を呼び戻して開封させるところだった。またもや誤字脱字だらけの悪態や暴力的な脅しの噴出する手紙だろうと思ったが、いまはそんなものに目を通す気分にはなれなかったからだ。彼女は仕事に戻ったが、注意を集中できなかった。非実用的な封筒、丸っこい筆跡、郵便番号はなく、切手はちょっと歪んでいる——こういうものはいやというほど目にしてきた。けれども、もう一度それを見て、消印に気づくと、ふいに疑いを抱き、手紙を一瞬手にのせて重さを量ってから、封を切った。冒頭の挨拶の言葉を見て、すぐに思ったとおりだったとわかった。この数週間、なんとなく期待していたのである。マリーナ・グリーンと話をして、少年の経過は順調で、すでに病院を退院し、家で授業の遅れを取り戻して、数週間以内には学校に戻れるだろうと聞いていた。

三枚の、淡いブルーの便箋の、裏表五面に書かれていた。一枚目のいちばん上のまんなかの、日付の上に、丸で囲んだ7という数字が記されていた。

マイ・レディ！

これは七通目の手紙だけど、たぶんこれを出すことになると思います。

次のパラグラフの出だしの数語は打ち消し線で消されていた。

これがいちばん単純でいちばん短くなりそうです。ぼくが書きたいのはあるひとつの出来事だけだから。いま、それがどんなに重要かわかったんです。それですべてが変わったんだから。いままで待っててよかった。なぜなら、ほかの手紙はあなたには読んでほしくないから。あまりにも恥ずかしすぎるから！　とはいっても、ドナが来て、あなたの判決を教えてくれたとき、ぼくがついたありとあらゆる悪態ほどひどくはなかったけど。ぼくはあなたがぼくとおなじ物の見方をしていると信じていました。実際、ぼくはあなたが言ったことを正確に覚えているんです。ぼくが自分の考えをしっかりもっているのはあきらかだ、とあなたは言って、ぼくはあなたにお礼を言ったのに……。ぼくがまだかんかんになってわめき散らしているうちに、あのひどくいやな専門医、ミスター・――ロドニーと呼んでくれ――カーターが、五、六人の部下や機械といっしょに入ってきました。みんなでぼくを押さえつけなくちゃならないと思っていたのでしょう。しかし、ぼくはひどく体力が弱っていたし、かんかんになってはいたけれど、あなたがぼくにどうしてほしいと思っているかはわかっていました。だから、ぼくは腕を差し出して、彼らははじめたんです。他人の血が自分のなかに入ってくると思うと、すごく胸がむかむかして、ぼくはその場でベッドに寝たまま吐きそうになりました。

　でも、ぼくがあなたに話したかったのはそのことじゃありません。これなんです。母さんは見ていられなかったので、部屋の外に坐っていました。泣いている声が聞こえたので、ぼくはほんとうに悲しかった。いつ父さんが来たのかはわかりませんでした。ぼくはたぶんしばらく気を失っていたんだと思います。気がつくと、ふたりともそこに、ベッドのそばにいて――ふたりとも泣いていたので、ぼくはますます悲しくなりました。ぼくたちはみんなそろって神にそむいたからです。でも、これが重要なことなんだけど――しばらくすると、ふたりが喜んで（！）泣いていることに気づきました。ふたりはとても幸せで、ぼくを抱きしめ、神様をたたえながら泣いていたんです。なんだかすごく奇妙な感じで、一日か二日あとまで、ぼくにはわけがわかりませんでした。最初は考えてみることさえしなかったけど、そのうちぼくは考えました。ケーキは食べてしまえば、消えてなくなる！　これがどういうことかそれまでは意味がわからなかったけど、いまはわかります。いま食べてしまったばかりだというのに、ケーキはまだ手のなかにあったからです。ぼくの両親は教えに従いました。長老たちに従って、正しいことをすべてやりました。だから、彼らは地上の楽園に受けいれられるはずです——同時に、ぼくたちのだれも排斥されることなしに、両親はぼくを生かすことができたのです。ぼくは輸血されたけれど、それはぼくたちの罪ではなかった！　非難すべきは裁判官であり、神が不在の社会体制であり、ぼくたちがときどき〝世の人〟と呼ぶ人々だったのです。なんとほっとしたことか！　両親は息子は死ななければならないと言ったにもかかわらず、息子はまだ生きている。彼らの息子はケーキだったのです！

　ぼくはこれをどう考えていいのかわかりませんでした。これはインチキなのか？　それはぼくにとってターニング・ポイントでした。要するに、こういうことなんです。家に連れ戻されたとき、ぼくは聖書を自分の部屋の外に出しました。わざとひらいたまま伏せたかたちで椅子に置いて。ぼくは二度と王国会館には近づかない、いくらでもぼくを除名するがいい、と両親に言いました。ぼくたちは何度かものすごい口論をしました。ミスター・クロスビーが来て、ぼくを説得しようとしたけど、無駄でした。ぼくがあなたに手紙を書いているのは、ほんとうにあなたと話す必要があるからなんです。ぼくはあなたの冷静な声を聞き、あなたのはっきりした頭で、このことについていっしょに考えてもらいたい。あなたはぼくをほかのなにかの近くまで、ほんとうに美しくて深いなにかのそばまで連れていってくれたけど、それが何なのかぼくにはわからないんです。あなたは自分が何を信じているかは言ってくれなかった。けれども、病院に来て、ぼくと坐って、いっしょに〈サリーの庭〉をうたったとき、ぼくはとてもうれしかった。ぼくはいまでも毎日あの詩を眺めています。ぼくは「若くて愚か」でいられるのがうれしいけど、あなたがいなければ、そのどっちにもなれずに死んでいたはずなんだから！

ぼくはあなたにたくさんばかな手紙を書いたし、いつもあなたのことを考えているし、ほんとうにもう一度会って話をしたいと思っています。そして、ぼくたちのことを空想したりしているんです。ありえないすてきな空想だけど。たとえば、いっしょに船で世界一周の旅に出て、ぼくたちは隣同士の船室で、一日中デッキを歩きまわりながら話をしているというような。
マイ・レディ、どうか返事をください。この手紙を読んだことや、これを書いたぼくを忌み嫌ってはいないという、ほんの数語だけでもかまいません。

敬具
アダム・ヘンリ

追伸
言うのを忘れていましたが、ぼくの体力はどんどん回復しています。

彼女は返事を出さなかった。いや、もっと正確に言えば、その夜一時間ちかくかかって書いた返事を出さなかった。四回目の最後の草稿では、彼女はかなり親しみをこめて、彼が家に戻って元気になったのを知ってうれしいし、彼女の訪問をよく覚えているのもうれしいと書いた。そして、両親への愛情を忘れないようにと助言した。十代には、それまで育ってきた信仰に疑問をいだくのは自然なことだが、人は敬意をもってそうすべきだとした。そして、最後に、実際にはそうは思わなかったのだが、船での世界旅行という考えは「ちょっと面白いと思った」と書き、自分も若いころには似たような脱出の夢を見たものだったと付け加えた。じつは、それもほんとうではなかった。十六歳のときでさえ、彼女は野心的にすぎ、作文でいい成績を取りたくてたまらなかったので、逃げ出すどころではなかった。十代のころ、何度かニューカッスルのいとこのところへ出かけたのが、彼女の唯一の冒険だった。一日あとにその短い手紙を見なおしたとき、彼女の目についたのは親密さではなく、冷淡さであり、面白くもない助言であり、三度も繰り返されている「人は」どうすべきだという非人称的な言い方であり、捏造された思い出だった。彼の手紙を読み返すと、その純真さと温かさに心を動かされた。少年を落胆させるよりは返事を出さないほうがいいと思った。もしも気が変わったら、またあとで書くこともできるだろうし。

巡回裁判に出かける日が近づいていた。刑法および民法を専門とするもうひとりの裁判官といっしょに、イギリス国内の都市や旧巡回裁判開廷都市をまわるのである。彼女は、さもなければわざわざロンドンの法廷まで移動しなければならないような裁判の審理を行なうことになっていた。そのために特別に維持されている宿泊施設に泊まるのだが、これは歴史的・建築学的にも興味深い堂々たる邸宅で、伝説的なワインセラーが付いていたり、ハウスキーパーがなかなかの腕のコックだったりする。州長官によって主催されるディナーに招待されるのが習わしだったが、そのあと、彼女と同僚裁判官は宿泊所でそれに対する返礼をしなければならず、地元の名士や興味深い人物（この両者には違いがある）を招待しなければならなかった。ベッドルームは自宅のそれよりはるかに立派で、ベッドは幅広く、シーツの織り地も上質だった。もっと幸せな時代には、揺るぎない結婚をしている女性として、そういう設備を独り占めすることに罪悪感と官能の入り交じった喜びを感じたものだが、いまは、家での無言の厳かな二人舞踏《パ・ド・ドゥ》から逃げだせるのが待ち遠しいだけだった。最初の滞在地は彼女のお気にいりのイングランドの街だったし……。

九月初めのある朝、旅に出かける一週間前に、彼女は二通目の手紙を受け取った。今度は、封を切る前から、もっと気にかかった。というのも、その青い封筒は自宅の玄関のドアマットの上に、ほかのチラシや電気料金の請求書などといっしょに置かれていたからである。住所はなく、彼女の名前しか書いてなかった。アダム・ヘンリが外のストランド街やケアリー・ストリートで待っていて、彼女のあとを尾《つ》けるのはごくたやすいことだろう。

ジャックはすでに仕事に出かけていた。彼女は手紙をキッチンに持っていって、朝食の残りの前に腰をおろした。

マイ・レディ

コピーは取ってないから、自分がどんなことを書いたのかさえわからないけど、べつに返事はくれなくてもかまいません。ぼくはまだあなたに話をする必要があるんです。ぼくのニュースです――両親と大喧嘩しました。学校に戻れたのはすばらしかった。気分はよくなっているし、幸せです。それから、悲しくなり、またそれから幸せな気分になりました。ときどき、他人の血が自分のなかに入っているのかと思うと、吐きそうになります。だれかの唾を飲んだみたいに。いや、もっと悪いかもしれない。輸血が悪いことだという考えから抜け出せないけど、もうどうでもいいと思っています。したい質問が山ほどあるのに、あなたがぼくを覚えているという自信さえありません。ぼくのあとにもう何十という事件を扱って、ほかの人たちについてたくさんの決定をしているのにちがいないから。嫉妬したい気分になります！　通りであなたに近づいて、肩をたたいて、話をしたかったけど、その勇気がなくて、できませんでした。

ぼくがだれかわからないかもしれないと思ったからです。この手紙にも返事は必要ありません——というか、返事がもらえればと思っています。でも、心配しないでください。あなたに付きまとって迷惑をかけたり、そういうことをするつもりはありませんから。ただ、ぼくは自分の頭のてっぺんが破裂してしまったような気がしています！　そこからあらゆるものが飛び出していくようです！

敬具

アダム・ヘンリ

彼女はただちにマリーナ・グリーンにEメールして、時間があったら、通常の追跡調査の一環として、少年を訪問し、結果を報告してもらえないかと依頼した。その日の夕方には返事が来た。マリーナは午後に学校でアダムと会った。彼はクリスマス前の試験準備のための課外授業に通いだしていた。三十分ほど彼と会ったが、体重が増え、頬にも血色が戻っていた。生き生きとしていて、「剽軽で悪戯っぽく」さえあった。家庭ではちょっと問題があり、主として宗教的な問題で両親とやりあっているようだが、それはすこしも不自然なことではない、と彼女は考えていた。また、それとは別に会った校長によれば、病院から退院したあと、アダムは作文の授業の遅れを取り戻すためよくやっているという。教師たちは彼が優秀なレポートを提出していると考えており、クラスでもよく発言し、品行にも問題はないということだった。全体的には、なかなか悪くないという報告だった。フィオーナは安心して、彼に返事を出さないことに決めた。

一週間後、月曜日の朝、彼女はイングランド北東部に出発することになっていたが、結婚生活の断層線にほんのかすかな変化が生じた。大陸移動とおなじくらい、ほとんどわからないくらいの動きだった。どちらかがそれを口にしたわけでもなければ、認めたわけでもなかった。あとで、列車に乗っているとき、思い返してみると、その瞬間は現実と想像の境界線上にまたがっているような気がした。自分の記憶を信用してもいいのだろうか？　彼女がキッチンに入っていったのは七時半だった。ジャックはカウンターの前に、彼女に背を向けて立ち、グラインダーにコーヒー豆を入れていた。スーツケースは玄関に置いてあり、彼女は最後の数ページの書類を見つけることに気を奪われていた。いつものように、彼といっしょに窮屈なスペースにいるのは気が進まなかったので、椅子の背からスカーフを取ると、居間に行って書類探しをつづけた。

数分後、彼女が戻ってくると、彼は電子レンジからミルクジャグを取り出しているところだった。ふたりとも朝のコーヒーについてはちょっぴりうるさく、長年のあいだに、おなじひとつの好みになっていた。コーヒーは濃厚なのが好みで、背が高くて縁が薄い白いカップに、ハイ・グレードのコロンビアをフィルターで淹れ、熱くないくらいに温めた牛乳をそそぐ。依然として背を向けたまま、彼は自分のコーヒーに牛乳を注ぎ、それから振り向いて、持ち上げたままのカップをかすかに彼女のほうに差し出した。それを彼女に渡そうとしていることを示すような表情の変化はなく、彼女もうなずきもしなければ、首を振りもしなかった。ふたりは一瞬目を合わせた。それから、彼がそのカップをパイン材のテーブルの上に置き、一インチくらい彼女のほうへ押し出した。それ自体にはかならずしも大きな意味があるわけではなかった。彼らは張りつめた状態でたがいのまわりを歩きまわりながら、あくまでも礼儀正しさを失わないようにしていた。まるでたがいに自分のほうが相手よりもっと理性的で、すこしも恨みがましく思っていないことを誇示しようとするかのように。だから、自分ひとり分だけのコーヒーを淹れようとしたりするはずもなかったが、カップをテーブルに置くやり方にもいろいろあって、横柄にパシッと磁器が木に当たる音を立てることもできれば、音もなくそっと置くこともでき、カップを受け取るやり方にもいろいろとある。彼女はゆっくりとした動作で、それをスムースに受け取ると、ちょっと一口飲んでから、ほかの朝ならそうしただろうが、すぐにはその場を離れなかった。沈黙の数秒が流れ、それから、いまのところはふたりともそのくらいまでしか心の準備ができていないような気がした。その一瞬にはふたりの手に負えないものが含まれており、それ以上のことを試みれば、かえって彼らを後戻りさせかねなかったろう。彼は横を向いて、自分のカップに手を伸ばし、彼女も顔をそむけて、ベッドルームにものを取りにいった。ふたりともいつもよりすこしのろのろと、しぶしぶとさえ言えたかもしれないが、動いていた。

昼過ぎには、彼女はニューカッスルに着いていた。改札口に運転手が待っていて、彼女を波止場地区《クウェイサイド》の裁判所まで乗せていった。判事用の入口わきにはナイジェル・ポーリングが待機していて、彼女を部屋まで案内した。その朝、彼はロンドンから車で裁判用の書類と彼女の法服——盛装と彼は言っていた——を運んできたのである。彼女は家事部だけでなく女王座部の審理も行うことになっていたからである。裁判所事務官が入ってきて、正式な歓迎の挨拶をし、そのあと審理日程係官がやってきて、いっしょに今後数日間の審理リストをチェックした。

そのほかにも細々としたことがあり、彼女がようやく解放されたのは四時ごろだった。天気予報では、宵の口に南西方面から暴風雨が襲来するとのことだった。運転手に待っているように指示して、彼女は川岸の幅広い舗道をぶらついた。タイン・ブリッジの下をくぐって、サンドヒル沿いを歩き、古典的なファサードをもつ堅固な商業ビルのそばの新しい路上カフェや花のディスプレイの前を通った。それからカッスル・ガースへの階段をのぼって、その上で足を止め、背後の川辺を振り返った。無骨な鋳鉄、工業化時代以降の鋼鉄とガラス、若々しい奇抜なコーヒーショップやバーに生まれ変わった老朽化した倉庫群、そういうものがこんなふうに生き生きと絡み合っている眺めが好きだった。彼女はニューカッスルにはそれなりの因縁があり、ここに来るとほっとした。十代のころ、母親の病気が再発するたびに、ここの仲良しのいとこの家に何度となく滞在したものだった。フレッド叔父さんは歯科医だったが、彼女がそれまでに知っていたなかでいちばんの大金持ちだった。シモーヌ叔母さんはグラマー・スクールでフランス語を教えていた。その家は楽しいくらいごちゃごちゃしていて、フィンチリーの息の詰まる、磨き抜かれた、母親の領土から抜け出してここに来ると、解き放たれたような気分になった。いとこはふたりとも同年配の女の子だったが、陽気で、自由奔放で、夜になると彼女をむりやり恐ろしい作戦に駆り出して、酒を飲んだり、腰までの長髪に垂れさがった口ひげの、音楽に熱心な四人のミュージシャンと付き合ったりした。自分たちの勤勉な十六歳の娘がいくつかのクラブでは常連になり、チェリー・ブランディやラム・アンド・コークを飲みながら、初めて男と寝たことを知ったら、彼女の両親は仰天して、ひどく狼狽したことだろう。いとこたちといっしょに、彼女は忠実な親衛隊《グルーピー》になり、機材の乏しい無報酬のブルースバンドの新米の裏方として受けいれられて、年中故障する錆びついたヴァンの後部にアンプやドラムセットを積みこむ手伝いをした。彼女はよくギターのチューニングをしたものだった。ここにはそんなに頻繁に来たわけではなく、長くてもせいぜい三週間しかいなかったが、彼女の解放感はそれとおおいに関係があった。もっと長く滞在していたら――そんな可能性はなかったが――ブルースをうたうことさえ許されたかもしれなかった。そして、ひそかに憧れていた、片腕が萎えたリード・シンガー兼ハーモニカ・プレイヤーのキースと結婚したかもしれなかった。

彼女が十八歳のとき、フレッド叔父さんは診療所を南部に移し、キースとの恋は涙と送らなかった何篇かの愛の詩で終わった。危険や浮かれ騒ぎを伴うそういう出逢いを彼女は二度と経験したことはなく、それが彼女のニューカッスルの思い出と切り離せないものになっていた。職業的な野心の拠点であるロンドンでは、おなじようなことは繰り返せなかった。長年のあいだに、彼女はさまざまな口実をつけて北東部に行き、巡回裁判でも四回出かけた。この街に近づいて、タイン川にかかるロバート・スティーヴンソン設計のハイ・レベル・ブリッジが見えてくるとき、ジョン・ドブソンの手になる三つの巨大なアーチの下のニューカッスル・セントラル駅で、興奮したティーンエイジャーみたいに列車から降り立つとき、そして、トマス・プロッサーのやたらに豪華な新古典主義風の車寄せから出ていくとき、彼女はいつも元気になった。歯医者の叔父が、じれったがるいとこたちを乗せた緑色のジャガーで迎えにきてくれたものだったが、駅やこの街の名建築を鑑賞することを教えてくれたのはこの叔父だった。ここに来るといつもなんだか外国に、不思議なオプティミズムとプライドをもつバルト海沿岸の都市国家に来たような気分になる。風は刺すような冷たさを増し、光は広がりを感じさせる冷たいグレイで、地元の人たちは親切だが口が悪く、喜劇俳優みたいに自意識過剰あるいは自己冷笑的だった。彼らといっしょにいると、彼女の南部のアクセントは窮屈で不自然な感じがした。もしもジャックが言うように、地質がさまざまなイギリス的気質や宿命を形づくったのだとすれば、ここの地元の人たちは花崗岩で、彼女は脆い石灰岩の破片だった。けれども、この街や、いとこたちや、バンドと初めてのボーイフレンドに夢中になっていた少女は、いずれ自分も変身して、もっとちゃんとした、地に足のついた人間に、タイン川流域の炭鉱労働者みたいなものになれるのだと信じていた。それから長年経ったあとで、そんな野心を思い出すと、彼女は思わず笑みを洩らさずにはいられなかった。しかし、六十歳の誕生日が近づいているいまでさえ、ここに戻ってくるたびに、なんとなく新しいことがはじまるような、もうひとつの人生でのまだ見ぬ可能性がぼんやりと見えてくるような気がするのだった。

彼女がゆったりと座席にもたれている車は一九六〇年代のベントレー、行き先はリードマン邸で、車はいま公園の一マイル内側に位置するその邸宅専用のゲートから入っていくところだった。ほどなくクリケット・グラウンドの横を通り、すでに強まりつつある風にざわつくブナの並木道を抜けて、緑に囲まれた池を通りすぎた。パラディオ様式の邸宅は最近鮮やかすぎる白に塗装されたばかりだったが、ベッドルームが十二室、スタッフが九人で、巡回裁判のふたりの高等法院裁判官をもてなすことになっていた。美術史家のペヴスナーならオレンジ温室《オランジェリー》を多少評価するくらいで、そのほかは一切認めなかっただろう。リードマン邸がコスト削減の刃から免れていたのはひとえに官僚機構の特異性のせいにすぎなかったが、それももはやほとんど望めなくなり、少なくとも法曹関係での使用は今年が最後になることになっていた。この邸宅は、古くから炭鉱関連の利権をもつ地元の一族から毎年数週間借り上げられ、主として会議場や結婚式会場として使われている。そのゴルフコースやテニスコート、野外の温水プールは、ここを通過していくだけの勤勉な裁判官には不要な贅沢であることが、いまさらながら認識されたのである。来年度からは、ベントレーの代わりに地元のタクシー会社から広々としたボクスホールが配車され、宿泊は中心街のニューカッスル・ホテルになる。ときには恐ろしい親類筋をもつ地元の男たちに長期刑を言い渡すことのある刑事部の巡回判事たちは、むしろ奥まった邸宅に隔離されるほうを好んだが、わがままだという印象を与えずに、リードマン邸のほうがふさわしいと主張できる者はいないだろう。

中央玄関わきの砂利の上で、ポーリングがハウスキーパーといっしょに待っていた。これが最後の訪問になるので、きちんとしたやり方をしたかったのだろう。彼は皮肉めいた大げさなみぶりで後部ドアに歩み寄ると、靴の踵をカチリと合わせた。例によって、ハウスキーパーは新顔だった。今回はポーランド人の若い女で、二十代になったばかりだろうとフィオーナは思ったが、冷静で落ち着きはらった目をしていて、ポーリングよりすばやくいちばん大きな荷物をしっかりとつかんだ。そして、事務官とハウスキーパーがふたり横に並んで、フィオーナが自分の部屋と見なしている二階の部屋へ案内した。それはこの邸宅の表側に位置する部屋で、ブナの並木道と草に囲まれた池の一部に面して、背の高い窓が三つ並んでいた。奥行三十フィートほどのベッドルームの向こうにはライティング・デスクのある居間が付いている。ただし、バスルームは廊下を歩いて、絨毯敷きの階段を三段下りたところにあった。リードマン邸が最後に改築されたのは、まだ洗面台やシャワーがそこらじゅうに付けられるようになる前の時代だったからである。

彼女が風呂から戻ってきたとき、嵐がはじまった。ガウン姿でまんなかの窓の前に立って見ていると、雨を伴う突風が、背の高い亡霊みたいな形のものが、野原を駆け抜けていき、数秒のあいだ見えなくなった。比較的近くのブナの木の頂近くの枝が折れ、落ちようとして、下の枝に引っかかり、逆さまになって揺れていたかと思うと、ふたたび落下し、枝に絡んだが、風に吹き飛ばされて、バーンという音を立てて道路に落ちた。樋を流れる雨水のうめくような騒がしさが、激しく砂利を打つ雨音にほとんど負けないくらいやかましかった。彼女は明かりを点けて、服を着はじめた。客間でのシェリーにすでに十分遅刻していた。

彼女が入っていくと、それぞれジン・トニックを手にした、ダーク・スーツにネクタイの四人の男たちがおしゃべりをやめて、肘掛け椅子から立ち上がった。ピシリとした白い上着を着たウェイターが彼女の飲みものを作っているあいだに、刑事事件を担当する同僚——女王座部から来たカラドック・ボールが彼女をほかの人たちに紹介した。法律学の教授、光ファイバー関連の実業家、そして、政府の海岸線保護の仕事をしている男。三人ともなんらかのかたちでボールと関係がある人たちだった。彼女は最初の夜にはゲストを招待していなかった。つづいて、お定まりの荒れた天気の話になった。それから、脱線して、五十歳以上の人たちやアメリカ人がいまだにいかに華氏の世界に住んでいるかという話になり、さらに、イギリスの新聞は、できるだけ強いインパクトを与えるため、寒さは摂氏で、暑さは華氏で報道しているということが指摘された。そのあいだじゅうずっと、部屋の隅でワゴンの上にかがみ込んでいる若者がなぜこんなに長い時間かかっているのだろう、と彼女は思っていた。はるかむかしの十進法通貨への移行が回想されているとき、ようやく彼女の飲みものが届いた。

彼女はすでに本人から聞いて知っていたが、ボールがニューカッスルに来たのはある殺人事件のやりなおしのためだった。ある男が母親をその家で殴打して殺害したとされたのだが、それは母親が被告の父親違いの妹である末の娘を虐待したという理由からだった。犯行に使われた凶器は見つかっておらず、DNA鑑定は決定的な証拠にはならなかった。被告側は、母親は侵入者によって殺されたと主張していた。陪審員のひとりが携帯電話のインターネットを通じて入手した情報をほかの陪審員たちに知らせたことが判明して、裁判の審理は不可能になった。その陪審員は、被告が暴行罪で有罪判決を受けたときの、五年前のタブロイド紙の記事を見つけたのだった。デジタル・アクセスの新時代には、陪審員のために争点を〝明確化する〟なんらかの手立てを講じなければならない。法律学の教授は最近、法律委員会にある提案をしており、フィオーナが部屋に入ってきたとき中断されたのはこの話題だったにちがいない。いったいどうすれば陪審員が自宅でひそかになにかを調べたり、家族のだれかに調べるように頼んだりしないようにできるだろう、と光ファイバーの男は問いかけていた。それは比較的簡単だ、というのが教授の意見だった。陪審員が自分自身を監視するようにすればいい。法廷で提示されていない争点を論じた者がいれば報告しなければならないとし、それに違反した者は収監されるおそれがあるとする。違反した場合には二年以下、その報告を怠った場合には六ヵ月以下の禁錮にする。委員会は来年までに結論を出すことになっていた。

ちょうどそのとき、執事が入ってきて、ディナーのテーブルに移るように声をかけた。まだ四十代に入るか入らないかくらいだというのに、まるで白粉をはたいたかのように白い顔をした男だった。あるフランスの田舎の婦人の言い方を借りれば、アスピリンみたいに真っ白だった。けれども、べつに病気だというわけでもなさそうで、機械的だがしっかりとした話しぶりだった。

その男が背をまるめて片側に立っているあいだに、彼らは飲みものを飲み干し、フィオーナのあとから一連の観音開きのドアを通って食堂へ向かった。三十人も坐れそうなテーブルの片方の端に、五人分の席が寂しげに用意されていた。部屋は木製の鏡板張りで、蛍光色に近いオレンジ色に塗られ、等間隔にステンシルのフラミンゴが並んでいた。会食者たちがいたのは邸宅の北側で、風が吹きつけ、窓枠がガタガタ揺すられて、空気はひんやりとして湿っていた。暖炉には埃をかぶったドライフラワーが置かれていた。暖炉はもう何年も前から塞がれているが、電気のファンヒーターを持ってくるつもりだ、と執事が説明した。彼らは席順を検討し、しばらく礼儀正しく躊躇したあと、左右のバランスを取るために、フィオーナが上座に着くべきだということになった。

それまで、彼女はほとんど口をきいていなかった。蒼白い執事が白ワインを注いでまわった。ふたりのウェイターが燻製《キッパー》ニシンパテと薄いトーストを運んできた。彼女のすぐ右隣は会話の達人、チャーリーだった。五十がらみで、でっぷりとした、みごとに禿げあがった男である。ほかの三人は陪審員の話をつづけていたが、彼は礼儀として彼女の仕事のことを尋ねた。彼女は、ひとしきり世間話に付き合うのは義務だろうとあきらめて、家事部について一般的な説明をした。けれども、チャーリーはもっと具体的なことを知りたがった。あした、彼女はどんな種類の審理を担当するのか？　彼女としても具体的なケースについて話すほうが楽しかった。地元の自治体がふたりのこども、二歳の男児と四歳の女児を保護したがっていた。母親はアルコール依存症で、アンフェタミンの常用者でもあり、精神病の発作もあって、電球に監視されていると信じこんだりしていて、もはや自分自身もこどもの面倒もみられる状態ではなかった。疎遠になっていた父親は不在だったが、いまになって、自分とガールフレンドがこどもの面倒をみられると主張していた。この父親にも麻薬の問題があり、前科もあるが、彼にはその権利があった。ソーシャル・ワーカーがあした法廷で、彼の親としての適格性についての証拠を呈示することになっていた。他方、母親側の祖父母がこどもたちを愛しており、その能力もあって、こどもたちを引き取りたがっていたが、彼らにはその権利がなかった。地元の自治体は、公報でその児童部門のサービスが批判されているが、いまだはっきりしない理由からこの祖父母に反対していた。母親、父親、祖父母の三者の当事者が激しく対立していた。さらに、問題を複雑にしていたのは四歳児に関する矛盾する見解で、ある小児専門医は、この子には特別な支援が必要だとしていたが、祖父母側から要請された別の専門家の意見では、この子は母親の行動によって混乱させられ、不規則な食事で体重不足になってはいるが、発育状態は正常だとされていた。

今週はほかにも似たようなケースが何件かリストアップされている、と彼女は言った。チャーリーは額に手を当てて、目を閉じた。なんと錯綜したケースなんだ。彼自身が参加して、あしたそれと似たような事件について決定をくださなければならないとしたら、彼は一晩中眠れずに、爪を嚙みながら、客間のミニ・バーを乱用することになるにちがいない。彼はなぜここに来ているのか、と彼女が訊いた。彼がホワイトホールからやってきたのは、沿岸地帯の農民グループを説得し、地元の環境団体に協力して、彼らの牧草地が海水に覆われて塩性湿地に戻ることを承認してもらうためだった。沿岸部への海水流入の対策としては、これがなんといっても最善かつもっとも安価な防護策で、野生生物、とりわけ野鳥にはすばらしいことであり、ささやかながら観光にも資するところがある。しかし、農民に十分な補償金が支払われるにもかかわらず、農業部門の一部から強力な反対意見が出ていた。会議では、彼は一日中怒声を浴びせられどおしだった。この計画が強制執行されるという噂が流れて、彼が否定しても信じようとしなかった。彼は中央政府の代理人と見なされ、農民たちは彼の担当ではないあらゆる問題に対する怒りをぶちまけた。あとで、彼は廊下で乱暴に小突かれた。「わたしの半分の歳で、倍の力のある」男に上着の襟をつかまれて、地元のアクセントでなにごとかつぶやかれたが、何と言われたのかはわからなかった。そのほうがよかったかもしれないが。あした、また戻って、もう一度やってみるつもりだが、最終的にはなんとかなるだろうと信じている、と彼は言った。

しかし、彼女には、それは地獄の第九圏（ダンテ『神曲』地獄篇で第九圏は地獄の最下層）よりさらに下層の特別な圏のように聞こえ、彼女ならむしろ神経症の母親のほうを選ぶにちがいなかった。そんなことを話しながら彼らはクスクス笑ったが、ふと気づくと、ほかの人たちは会話をやめて、ふたりの話に耳を澄ませていた。

チャーリーの古い学友であるカラドック・ボールが言った。「あんたは自分がどんな名高い裁判官と話しているのか知っているんだろうね。あのシャム双生児事件はもちろん覚えているだろう？」

だれもがそれは知っていた。そして、皿が下げられ、牛肉のパイ皮包み《ブフ・アン・クルート》とシャトー・ラトゥールが一通り行き渡るあいだに、彼らはその有名な事件についてしゃべったり、彼女に質問したりした。彼女は彼らが知りたがったことをすべて話した。だれもが意見をもっていたが、すべて同一の意見だったので、まもなく話題は各新聞社が競い合ってこの事件をいかに熱心に取り上げたかに移った。それは*レヴェソン委員会の目につくところで最近は各社がどんな振る舞いをしているかについての雑談風の要約みたいなものだった。彼らはビーフをたいらげた。そのあとは、メニューによれば、ブレッド＝アンド＝バター・プディングだった。まもなく、彼らはシリアに軍隊を派遣しないことの西側の狂気または知恵について議論することになるだろう、とフィオーナは思った。この話題になると、カラドックを止めることはできなかった。というわけで、そのとおりになり、彼がこのテーマを持ち出そうとしたとき、彼らは廊下で響いている声に気づいた。ポーリングと白い顔をした執事が入ってきて、入口で立ち止まってから、彼女に歩み寄った。

執事はわきに立って、不満げな顔をしていたが、ポーリングが一同に謝罪するようにうなずいてから、彼女の椅子越しにかがみこんで、低い声で耳打ちをした。「マイ・レディ、お邪魔して申しわけありませんが、じつはただちにお知らせすべきだろうと思われる問題がありまして」

彼女はナプキンで唇を軽く押さえてから、立ち上がった。「失礼します、みなさん」

全員が無表情のまま立ち上がり、彼女はふたりの男の先に立って部屋を横切った。部屋の外に出ると、彼女は執事に言った。「ファンヒーターをまだ待っているんですけど」

「すぐに取ってまいります」

その態度にはどこか横柄なところがあり、彼が後ろを向くと、彼女はポーリングに向かって眉を吊り上げて見せた。

しかし、ポーリングはただ「こちらです」と言っただけだった。

＊新聞社による盗聴事件を機に、二〇一一年に、レヴェソン控訴院判事を長として設けられた調査委員会で、新聞業界の風土、慣習、倫理等を調査した。

彼について玄関ホールを横切り、かつては蔵書室だった部屋に入った。棚はジャンク・ショップの本で埋まっていた。ホテルが雰囲気づくりのためにヤード単位で買いこむような種類の本である。

ポーリングが言った。「あのエホバの証人の若者、アダム・ヘンリなんです。覚えていらっしゃいますか、あの輸血事件の？　ここまであなたのあとを尾けてきたようです。びしょ濡れになって、雨のなかを歩いていたんです。ハウスキーパーは追い出そうとしたんですが、わたしはその前にあなたに知らせておくべきだと思ったんです」

「いま、どこにいるの？」

「キッチンです。向こうのほうが暖かいので」

「ここに連れてきたほうがいいわ」

ポーリングが出ていくと、彼女は立ち上がって、部屋のなかをゆっくりと歩きだした。心臓の鼓動が速くなっているのがわかった。手紙に返事を出していれば、いまこんなことにはならずに済んだかもしれない。どんなことに？　すでに結審している事件に不必要に関わること。いや、それだけではなかった。だが、考えている余裕はなかった。すでに近づいてくる足音が聞こえた。

ドアがさっとひらいて、ポーリングが少年を連れて入ってきた。ベッドに寝ているところしか見たことがなかったので、とても背が高いことに驚かされた。ゆうに六フィートはあるだろう。学校に行くときの恰好で、グレイのフランネルのズボンに、グレイのセーター、ワイシャツ、薄っぺらなスクールブレザー。全身ずぶ濡れで、髪はタオルで拭いたせいでクシャクシャだった。片手に小さなバックパックをぶら下げていた。なんとも哀れだったのは、寒さを凌ぐためだろうが、地元の観光名所のコラージュをプリントしたリードマン邸の布巾《ティー・タオル》を肩にかけていることだった。

ポーリングはドアのところでぐずぐずしていたが、そのあいだに少年は部屋のなかに何歩か進んで、彼女のすぐそばに立ち止まり、「ほんとうにすみません」と言った。

その最初の数瞬、自分の混乱した感情を母親じみた口調の背後に隠すのは比較的容易だった。「すっかり凍えているじゃないの。ヒーターをここに持ってきてもらったほうがいいわね」

「わたしが取りにいってきます」とポーリングが言って、立ち去った。

「それで」と、沈黙のあと、彼女が言った。「いったいどうやってここまで来たの?」

それもうひとつの一時逃れだった。なぜ来たのかではなく、どうやって来たのかを訊くなんて。だが、この段階では、彼の存在がまだショックであるあいだは、少年が何を望んでいるのかを正面から知ろうとすることはできなかった。

彼は落ち着いた口調で説明した。「タクシーでキングズ・クロス駅まであなたのあとを尾けて、おなじ列車に乗ったんです。どこまで行くのかわからなかったから、エディンバラまでの切符を買わなきゃならなかった。ニューカッスルで、あなたのあとから駅の改札を出て、リムジンのあとを追いかけたんだけど、見失ってしまった。それで、当てずっぽうだったけど、裁判所がどこにあるかを人に訊いて、そこに行ったらすぐあなたの車が見えたんです」

少年がしゃべるのを見守りながら、彼女はその変貌ぶりに見とれていた。もはや痩せこけてはいなかったが、依然として細かった。肩や腕のあたりには新しい力がみなぎっていて、細い繊細な顔立ちは変わらなかったが、頬骨の上の茶色いほくろは、健康な若者の浅黒い肌色に紛れて、ほとんど見えなかった。目の下には紫色のたるみのかすかな痕跡があり、唇は豊かでしっとりとしていた。目の色はこの明かりの下では暗すぎて、何色かわからなかった。弁解しようとしながらも、彼は自分の説明のごくささいな部分まであまりにも生き生きと、必死に描き出そうとしていた。少年が彼女の顔から目をそらして、これまでの経緯を頭のなかで整理しているとき、これが自分の母親が古典的と呼んだ顔なのだろうか、と彼女は思った。意味のない考えだったけれど。キーツとか、シェリーとか、ロマン派の詩人の顔としてだれもが思い浮かべる顔。

「すごく長時間待ったけど、それからあなたが出てきたので、あとを尾けていくと、あなたは街のなかを歩いて、川のほうに下りていって、それから車に乗りこむのが見えた。一時間以上かかったけど、とうとう携帯であるサイトを見つけて、裁判官が滞在している場所がわかったから、ヒッチハイクをして、表通りで降ろしてもらって、門番小屋の前を通らないでいいように壁を乗り越えて、嵐のなかドライブウェイを歩いてきた。どうしようかと考えながら、むかしの馬小屋のかげでずっと待っていたんだけど、そのうち人に見つかってしまったんです。ほんとうにごめんなさい。ぼくは……」

赤い顔をした苛立たしげなポーリングが、ヒーターを持って入ってきた。執事が持っていたのをむりやりもぎ取ってこなければならなかったのかもしれない。彼らの目の前で、事務官はうめき声をあげながら四つん這いになり、サイドテーブルの下になかばもぐり込んで、コンセントを探り当てた。それから後ろ向きに這い出して立ち上がると、両手を若者の肩にあてがい、暖かい空気が吹きだしている場所に連れていった。そして、出ていく前に、「外にいます」とフィオーナに言った。

ふたりきりになると、彼女が言った。「あなたがわたしを家まで尾行したり、それからここまで付いてきたりしたことには、ちょっと気味の悪いところがあると考えるべきなのかしら？」

「とんでもない！　そんなふうには考えないでください。そんなことじゃないんだから」彼は、部屋のなかのどこかにその理由が書かれているかのように、苛立たしげにあたりを見まわした。「だって、あなたはぼくの命を救ってくれたんだから。でも、それだけじゃない。父さんは隠そうとしたけど、ぼくは判決文を読んでしまった。あなたはぼくをぼくの宗教から保護したいと言っていた。で、そのとおりになった。ぼくは救われたんです」

彼は自分のジョークに自分で笑い、彼女は言った。「わたしがあなたを助けたのは、国中わたしのあとを尾けまわすためじゃなかったのよ」

ちょうどそのとき、ファンヒーターのどこか一部が膨張して、回転する羽根に当たるようになったのだろう、定期的なコツコツいう音が部屋に響きだした。それはしだいに大きくなり、それから小さくなって、一定の規則的な音になった。彼女は突然この建物全体に対する苛立ちを感じた。贋物。ひどい場所。どうしていままで気づかなかったのだろう？

しばらくすると、彼女は言った。「ご両親はあなたがどこにいるか知っているの？」

「ぼくは十八歳だ。どこにでも好きなところに行くことができる」

「あなたが何歳かなんてどうでもいい。みんなが心配しているのに」

彼は思春期の若者の苛立たしげなため息を洩らして、バックパックを床に下ろした。「ねえ、マイ・レディ――」

「もうそれはやめて。フィオーナよ」少年に自分の身の程を弁えさせることができるかぎり、彼女は安心だった。

「嫌みを言うつもりはなかったんだけど」

「わかったわ。で、ご両親は？」

「きのう、父さんとものすごい大喧嘩をした。退院したあと何回か喧嘩したけど、きのうのはほんとうにすごい喧嘩だった。どなり合いになって、ぼくは父さんのばかげた宗教について思っていることをなにもかもぶちまけた。父さんは聞こうとはしなかったけど。最後には、ぼくは出てきてしまった。自分の部屋へ上がって、荷物を詰めて、貯金を持って、母さんにさよならを言った。そして、家を出てきたんだ」

「いますぐお母さんに電話する必要があるわ」

「その必要はないよ。きのういた場所からメッセージを送ったから」

「もう一度メッセージを送って」

彼は彼女の顔を見た。驚くと同時にがっかりしているようだった。

「さあ。あなたが無事に幸せな気分でニューカッスルにいて、あしたまたメッセージを書くつもりだと言ってあげて。話をするのはそのあとよ」

彼女は何歩か離れて立ち、少年の長い両手の親指がヴァーチャル・キーボードの上で躍るのを見守った。数秒後、携帯はポケットに戻された。

「ほら」と言って、彼は期待するような目で彼女の顔を見た。いまや弁明をしなければならないのは彼女のほうだとでも言いたげに。

彼女は腕を組んだ。「アダム、あなたはなぜここに来たの？」

彼はすっと目をそらして、ためらった。そして、それには、少なくとも直接的には、答えようとしなかった。

「ねえ、ぼくはもうおなじ人間じゃないんだ。あなたが会いに来たとき、ぼくは本気で死ぬつもりでいた。あなたみたいな人がぼくのために時間を無駄にするなんて驚くべきことだった。ぼくはどうしようもないばかだったのに！」

彼女は楕円形のウォールナット製テーブルのそばにある二脚の椅子を身ぶりで示し、ふたりはテーブル越しに向かい合って坐った。天井灯は人工的に時代をつけた田舎風の車輪に省電力型の電球を四個つけたものだったが、それが片側から気味の悪い白っぽい光を投げかけていた。そのせいで彼の頬骨と唇の輪郭が強調され、鼻の下の縦の溝が浮き上がって見えた。きれいな顔だった。

「わたしはあなたがばかだとは思わなかったわ」

「でも、そうだった。医者や看護婦たちがぼくの考えを変えさせようとするたびに、ぼくは放っておいてくれと言いながら、自分では自分が立派で勇気があると思っていた。ぼくは純粋でいい人間だった。ぼくが深みのある人間なのを彼らが理解できないのがうれしかった。ほんとにいい気になっていたんだ。両親や長老たちがぼくを誇りにしてくれるのがうれしかった。夜、だれもいなくなったとき、ぼくは自爆者がするように、ビデオを作る練習をした。自分の携帯で撮影するつもりだった。それがテレビのニュースやぼくの葬式で流されればいいと思っていたんだ。みんながぼくの棺を担いで両親や学校の友だちや先生たちの前を通っていくところ、会衆の全員、花、花輪、悲しい音楽、全員が泣いているところを想像して、みんながぼくを誇りに思い、ぼくを愛しているのだと想像して、暗闇のなかで泣き真似をした。ほんとうにぼくはばかだった」

「それで、神様はどこにいたの？」

「すべての背後にいたんだ。ぼくが従っていたのは神の教えだった。でも、それは主としてぼくがどんなにわくわくする冒険をしようとしているか、どんなに美しく死んで、みんなに崇められるかということだった。学校で知っていた女の子が、三年前に拒食症になった。十五歳だった。彼女の夢はだんだん痩せていって消えてしまうことだった——風に吹かれる枯れ葉みたいに、と彼女は言っていた。静かにそっと死んでいって、みんなが彼女を憐れみ、あとになって彼女を理解しなかったことを後悔すればいいんだって。それと似たようなものさ」

いま、坐っている彼を見ていると、彼女は病院の彼を思い出した。ティーンエイジャーのガラクタに囲まれて、枕にもたれていたときのことを。彼女が思い出したのはその病人らしさではなかった。あのときの熱い思い、傷つきやすい無邪気さだった。〝拒食症〟という言葉さえ、彼が口にすると、希望に満ちた小旅行みたいに聞こえた。彼はポケットから細長い緑色の布切れを取り出した。おそらくなにかの内張を引き剝がしたのだろう。それを丸めて、親指と人差し指のあいだで悩みの数珠みたいに弄んだ。

「それじゃ、宗教はそれほど問題じゃなかったのね。むしろ問題はあなたの感情で」

彼は両手を挙げた。「ぼくの感情は宗教から出てきたものだった。自分は神の意思を実行していて、あなたやほかの人たちはあきらかに間違っている。エホバの証人にならなければ、どうしてそんなでたらめのなかに迷いこんだりできたというんだい？」

「でも、あなたの拒食症の友だちはできたようだけど」

「ああ、まあ、実際、拒食症はちょっと宗教みたいなものだからね」

彼女が疑わしげな顔をすると、彼はとっさに説明した。「だって、わかるだろう、苦しむことを望むんだから、苦痛と犠牲を愛するようになって、みんなが見ていて、心配してくれて、宇宙全体が自分のことを、自分の体重のことを気にかけてくれると信じているんだから」

彼女はこらえきれなかった。彼がまじめくさった顔で自嘲気味にあとからそんなふうに説明するのを聞いて、思わず笑わずにはいられなかった。彼は思いがけず彼女を面白がらせることに成功して、にやりと笑った。

廊下に人の声と足音がした。招待客が食堂を出て、居間にコーヒーを飲みにいくため、廊下を横切っているのだろう。それから、蔵書室のドアの背後で、断続的に炸裂する笑い声が聞こえた。少年は邪魔が入る可能性に体を硬くした。ふたりは共謀するように口をつぐんで、じっと物音が静まるのを待った。アダムはテーブルの磨かれた木目の上に組んだ両手を見下ろしていた。こども時代から十代にかけてどれだけの時間をそんなふうにして祈りや、賛美歌や、説教や、彼女が知ることもできないさまざまな務めのために過ごしてきたのだろう。彼を支え、もうすこしで彼を殺すところだった、あの緊密な愛の共同体とはどんなものだったのだろう。

「アダム、もう一度訊くけど、あなたはなぜここに来たの？」

「お礼を言いたかったからさ」

「もっと簡単に言える方法がいくらでもあるでしょう」

彼は苛立たしげなため息を洩らして、布切れをポケットにしまい込んだ。一瞬、部屋から出ていこうとしているのかと思った。

「あなたが病院に来てくれたのは、いままでに起こった最高のことのひとつだった」それから、すぐに、「ぼくの両親の宗教は毒で、あなたは解毒剤だったんだ」。

「わたしはご両親の信仰を非難した覚えはないけれど」

「非難はしなかった。あなたは冷静で、ぼくの話を聞いてくれ、いくつか質問をして、コメントを言った。重要なのはそこなんだ。あなたがもっていたものなんだよ。それが結局はあるものになった。あなたがそれを言う必要はなかった。ある種の考え方、話し方なんだ。ぼくの言うことがわからなければ、長老たちのところへ行って、話を聞いてみればいい。それに、いっしょにあの唄をうたったとき……」

彼女は勢いよく言った。「あなたはまだバイオリンをやっているの？」

彼はうなずいた。

「それから詩も？」

「うん、たくさん書いている。でも、以前書いていたものは大嫌いになった」

「でも、いい詩だったわ。あなたはそのうちなにかすばらしいものを書くにちがいないわ」

彼の目に落胆の色が浮かんだ。彼女は彼とのあいだに距離を取り、甥の将来を案じる伯母の役割を演じていた。彼女は自分たちの会話を何歩か遡り、自分はなぜこんなに彼を失望させないように気をつかっているのだろうと思った。

「でも、学校の先生は長老とはとても違うんでしょう？」

彼は肩をすくめた。「どうかな」彼はその理由を説明するかのように付け足した。「学校は大きいから」

「で、わたしがもっていたものというのは何なの？」彼女は皮肉の気配も見せずに真顔で訊いた。

その質問はすこしも彼を当惑させなかった。「両親があんなふうに泣いているのを、ほんとうに泣いているのを、泣きながら歓喜の雄叫びをあげそうになっているのを見たとき、すべてがガラガラ崩れてしまった。でも、これが重要なんだけど、崩れたことで真実が見えたんだ。もちろん、両親はぼくに死んでほしくなかった！　ぼくを愛しているんだから。でも、それなら、地上の楽園の喜びについてしゃべりつづける代わりに、なぜそう言わなかったのか？　そのときわかったんだ。それはごくふつうの人間的なことなんだって。ふつうの、いいことだったんだ。神様はすこしも問題じゃなかった。それはただのばかげたことでしかなかった。それはまるでたがいに相手を不幸な気分にしているこどもたちでいっぱいの部屋に大人が入ってきて、さあ、そんなばかなことはやめて、お茶にしましょうと言ったようなものだった。あなたがその大人だったんだ。あなたは初めから知っていたけど、なにも言わなかった。ただ質問をして、話を聞いただけだった。彼の前に横たわる人生と愛情のすべて——そうあなたは書いた。それがあなたがもっていた〝もの〟だし、ぼくにとっては啓示だった。〈サリーの庭〉以降」

依然として重々しい口調で、彼女が言った。「あなたの頭のてっぺんが破裂してしまったのね」

自分の言葉が引用されると、彼はうれしそうに笑った。「フィオーナ、ぼくはバッハの曲をほとんど間違えずに弾けるようになったし、『コロネーション・ストリート』（イギリスITVの連続テレビドラマ）のテーマ曲も演奏できる。そして、ジョン・ベリマンの『ドリーム・ソングズ』を読んでいる。それから、お芝居にも出る予定だし、クリスマスまでに試験も全部受けなくちゃならない。そして、あなたのおかげで、ぼくはイェーツのことばかり考えている！」

「そう」と彼女は静かに言った。

彼は身を乗り出して、両肘を突いた。しょぼくれた明かりのなかで黒っぽい目がキラキラ輝き、顔全体が期待で、抑えきれない欲求で震えているように見えた。

彼女はちょっと考えてから、低いささやき声で言った。「ちょっと待っていて」

そして立ち上がったが、ためらって、いまにも考えを変え、腰をおろすかに見えた。けれども、さっと横を向いて、部屋を横切ると、廊下に出ていった。ポーリングは数歩離れた場所に立ち、テーブルの大理石の天板の上に置いてある来客者名簿に興味をもっているふりをしていた。彼女は低い声ですばやく指示を与えると、蔵書室に戻って、後ろ手にドアを閉めた。

アダムは肩からティー・タオルを取って、地元の景勝地のコラージュを眺めていた。彼女が席に戻ると、彼は言った。「こんな場所はひとつも聞いたことがない」

「発見すべきものがたくさんあるということね」

ふたりのあいだの空気がもとに戻ると、彼女が言った。「それじゃ、あなたは信仰を失ったのね」

彼はきまり悪そうだった。「そうだね、たぶん。でも、わからない。はっきりそう口に出すのが怖いんだと思う。実際、自分がどこにいるのかわからないんだ。エホバの証人から一歩身を引くくらいなら、完全にやめてしまったほうがいいのかもしれない。歯の妖精(抜けた乳歯をコインに換えてくれるという妖精)の話が信じられないからといって、それを別の妖精の話に置き換えても仕方ないから」

「でも、だれもが歯の妖精を必要としているのかもしれないわ」

彼は大目に見ておこうと言いたげな笑みを浮かべた。「本気でそう言っているわけじゃないでしょう？」

彼女はほかの人の見解を要約する癖を抑えきれなかった。「ご両親が泣いているのを見てあなたが困惑したのは、両親のあなたへの愛情のほうが彼らの神や死後の生への信仰よりも強いのかもしれないと思ったからだった。あなたは出ていく必要がある。それはあなたの年齢では完全に自然なことだけど。大学に行くことになるかもしれないし、それが助けになるかもしれない。でも、わたしが依然として理解できないのは、あなたがここに何をしにきたのかということよ。もっとはっきり言えば、あなたはこれからどうするつもりなのかということだわ。あなたはどこへ行くつもり？」

ふたつめの質問が彼をいちだんと困惑させた。「バーミンガムに叔母さんがいる。母の妹だけど。一週間か二週間は泊めてもらえると思う」

「叔母さんには知らせてあるの？」

「まあね」

彼女はまたメッセージを送らせようとしたが、そのとき、彼がテーブル越しに手を伸ばし、彼女はとっさに手を引っこめて、膝の上に置いた。

少年は彼女の顔をまともに見られなかったし、自分の顔を見られることにも耐えられないようだった。両手を額にあてがって、目を覆ったまま話した。「ひとつ質問したいんだ。たぶん、聞いたら、なんてばかな質問をする気かと思うだろうけど。でも、すぐには拒否しないでほしい。どうか、考えてみると言ってほしい」

「それで？」

彼はテーブルの表面に向かって言った。「ぼくはあなたの家に行って、いっしょに住みたい」彼女はつづきを待った。そんな頼みごとをされるとは予想もしていなかった。しかし、いまとなっては、それはわかりきっていたような気もした。

彼は依然として目を合わせられなかった。自分自身の声が恥ずかしいかのように早口でしゃべった。すべてをよく考えたうえでのことらしかった。「ぼくはあなたのために雑用をすることができる。家事とか、お使いとか。あなたはぼくに読書リストを作ってくれてもいい。ぼくが知るべきだと思ういろんなことについての……」

この少年は国中彼女を追いまわしてきた。通りから通りへ、嵐のなかを歩いて、彼女に嘆願しにきたのである。それこそ彼女との長い航海、揺れるデッキをぶらつきながら一日中おしゃべりをするという夢想の論理的な延長線上にある考えだろう。論理的だが、狂気じみていた。そして無邪気でもあった。静寂がふたりに絡みつき、ふたりを縛りつけた。ファンヒーターのカタカタという音まで低くなったような気がした。部屋の外からはなんの物音も聞こえなかった。彼は依然として顔を隠していた。彼女は少年の健康的な暗褐色の髪を、いまやすっかり乾いて艶やかに光る髪の渦を見つめていた。

彼女は穏やかに言った。「それは不可能なことを知っているでしょう?」

「ぼくは邪魔にならないようにするつもりだよ、その、あなたやご主人の」彼はようやく両手をどかして、彼女の顔を見た。「わかるでしょう、下宿人みたいなものでいいんだ。試験が終わったら、仕事を見つけて、いくらかは下宿代も払えると思うし」

スペアルームとそこにある二台のシングルベッド、籐かごのなかのクマちゃんやほかの動物たち、いっぱいで片側のドアが閉まらない玩具の戸棚が目に浮かんだ。彼女はふいに咳をして立ち上がると、部屋の奥の窓際まで歩いていって、いかにも外の暗闇を眺めているようなふりをした。しばらくしてから、振り返らずに、彼女は言った。「予備の部屋はひとつしかないし、わたしたちには甥や姪が大勢いるのよ」

「反対の理由はそれだけ？」

ドアをノックする音がして、ポーリングが入ってきた。「二分でまいります、マイ・レディ」と彼は言って、出ていった。

彼女は窓際から離れて、アダムのほうに戻ってくると、上体をかがめて床からバックパックを拾い上げた。

「事務官がタクシーで送っていくから、まず駅へ行って、あすの朝のバーミンガム行きの切符を買って、それから近くのホテルへ行きなさい」

ちょっとためらったあと、彼はのろのろと立ち上がって、彼女からバックパックを受け取った。背が高いにもかかわらず、ショックを受けた小さなこどもみたいだった。

「じゃ、それだけなの？」

「列車に乗る前にもう一度お母さんに連絡するって約束してほしい。どこへ行くつもりか言うのよ」

彼はなんとも答えなかった。彼女は少年の背中に手をやってドアのほうへうながし、いっしょに廊下に出た。だれの姿も見えなかった。カラドック・ボールと招待客たちは居間に落ち着いて、ドアを閉めていた。彼女はアダムを蔵書室のそばに残して、自分の部屋にあるハンドバッグの現金を取りにいった。戻ってくるとき、堂々たる階段の最上部から全景を見下ろした。玄関のドアがひらいていて、執事が運転手に話をしていた。彼の背後、ポルチコの階段の下にタクシーが停まっていて、あいたままのドアからアラビアのオーケストラ音楽の陽気な、急降下するような音が流れていた。彼女の事務官は、おそらく執事に文句を言わせないためだろうが、ゆっくりと廊下を歩いていた。アダム・ヘンリはというと、彼は依然として蔵書室の入口のそばにいて、バックパックを両腕で胸に抱きしめていた。彼女が彼のそばに着いたときには、執事と事務官は外の車のかたわらの砂利の上にいた。たぶん、適当なホテルについて相談しているのだろう、と彼女は思った。

少年が「でも、まだなにも――」と言いかけたが、彼女は片手を上げてそれを黙らせた。

「行きなさい」

彼女は少年の薄いジャケットの襟に軽く指をかけて、自分のほうに引き寄せた。頬にキスをするつもりだったのだが、彼女が首を伸ばし、彼がすこしかがみこんで、ふたりの顔が近づいたとき、彼が首をまわしたので、唇が重なった。とっさに引っこめることもできたはずだし、すぐに彼から離れることもできたはずだった。だが、彼女はそうはせずに、一瞬無防備になって、ためらった。肌と肌が重なった感触がほかの可能性を消し去った。貞淑に強烈なキスをすることが可能だとすれば、彼女がしたのがそれだった。束の間の接触だったが、単なるキスという以上のなにか、母親が大人になった息子にするキス以上のなにかだった。二秒以上、三秒くらいつづいたかもしれない。彼の唇のしなやかさを覆う柔らかさのなかに、彼女を彼から隔てている長い年月を、全人生を感じとるのに十分な長さだった。顔を離したとき、かすかに肌が貼りついた感触がふたたび彼らを引き戻したかもしれなかった。だが、砂利の上から外の石段を上がって近づいてくる足音がした。彼女は襟を放して、もう一度「行きなさい」と言った。

彼は足下に落としていたバックパックを拾い上げ、彼女のあとについて廊下から新鮮な夜の空気のなかに出ていった。石段の下で、運転手がにこやかに挨拶して、タクシーの後部ドアをあけた。音楽は止まっていた。彼女はアダムに現金を手渡すつもりだったが、ふいに意味もなく気が変わって、それをポーリングに渡した。その薄い札束を受け取りながら、彼はうなずいて顔をしかめた。アダムは、彼ら全員を振り落とそうとするかのように、ふいに乱暴に肩を揺すって後部座席に乗りこみ、バックパックを膝にのせてまっすぐ前を見つめた。自分が動きださせてしまったものを早くも後悔しながら、彼女は車をまわって、最後にもう一度目を見交わそうとした。彼は彼女に気づいていたにちがいないが、顔をそむけたままだった。ポーリングが運転手の隣に乗りこんだ。執事がアダムのドアをこれ見よがしに逆手で閉めた。タクシーが走りだすと、フィオーナは肩をすぼめ、ひびの入った石段を足早にのぼりだした。

5

一週間のうちにいくつかの判決をくだして、あるいは報告書が提出されるまで判決を延期して、満足した、あるいは——なかには上訴の許可というわずかな慰めを与えられただけで——腹の虫がおさまらない当事者を残して、フィオーナはニューカッスルから次の巡回地に移動した。ディナーの席でチャーリーに説明した事件では、彼女はこどもたちが祖父母のもとに居住することを認め、母親と父親には毎週別々に監視付きで接触することを許可して、報告の期日を六カ月後に設定した。そのときまでには、彼女の代わりにだれが担当するにせよ、こどもたちの福祉や、依存症治療プログラムに出席するという両親の約束、母親の精神状態に関する経過報告をチェックできるようになっているだろう。少女はいままでどおりの学校に、彼女のことをよく知っているイギリス国教会小学校に留まることになった。フィオーナは本件において地元当局の児童部門が取った措置は模範的だと考えた。

金曜日の午後遅く、彼女は法廷の係官たちに別れの挨拶をした。土曜日の朝には、リードマン邸で、ポーリングが車のトランクに書類の箱やハンガーにかけた法服を積みこんだ。ふたりの個人的な荷物は後部座席に積み上げ、彼女は前の席に乗りこんで、西へ、カーライルへと向かった。右手にはチェビオット丘陵、左手にはペナイン山脈を見ながら、タイン渓谷を通ってイングランドを端から端まで横断していった。しかし、地質学や歴史のドラマは車の往来によってつまらないものになっていた。おびただしい車の決まりきった眺め、イギリス諸島のどこに行っても変わらない道路設備。

ヘクサムを通過するときには人が歩くペースになり、彼女はなんの反応もない携帯を手に持ったまま、この一週間のいろんな幕間に考えたように、あのキスのことを考えていた。すぐに身を引かなかったのは、なんという衝動的な愚行だったことか。プロとしても、社会的にも、まさに狂気の沙汰だった。記憶のなかで、実際の接触は、肉と肉とのふれあいは、しだいに長くなっていく。すると、彼女はさっと時間をカットバックして、罪のない唇へのキスに戻ろうとした。だが、そのキスはじきにまたふくれ上がり、実際にはどうだったか、何が起こったのか、自分がどのくらい長く恥辱を招くリスクを冒したのかわからなくなった。カラドック・ボールがいつ廊下に出てきてもおかしくなかった。それどころか、仲間をかばう必要性のない、彼の招待客のひとりが彼女を見て、言いふらしたかもしれない。ポーリングだって、タクシーの運転手との話し合いから戻ってきて、彼女を見たかもしれなかった。そんなことになれば、ふたりのあいだに構築されている絶妙な距離感が、彼女が仕事することを可能にしている距離感が崩れ去ってしまうだろう。

彼女は荒々しい衝動に突き動かされる性質《たち》ではなく、自分自身の行動が理解できなかった。さまざまな感情がない交ぜになったこの混沌のなかに、はっきりと対峙すべきはるかに多くのものがあるのはわかっていたが、いま彼女の頭を占領していたのは、職業倫理からの滑稽かつ恥ずべき逸脱だった。全面的に彼女に非がある不面目。だれにも見られなかったとは、犯罪現場から無傷で逃げ出せたとは信じにくかった。それよりむしろ、苦い種みたいに硬くて暗い真実がいまにも暴露されようとしているというほうが、つまり、自分の姿が目撃されたのだが、自分ではそれには気づかなかったというほうが信じやすかった。いまこの瞬間にさえ、はるか背後のロンドンで、この件が問題にされているかもしれなかった。近いうちに電話がかかってきて、困惑したためらいがちな声で、古参の判事からこう告げられるかもしれない。〈ああ、フィオーナ、いや、じつに残念なことなんだが、あんたに警告しなければならないと思ってね。じつは、その、ちょっとした問題が出てきたんだよ〉。それから、司法苦情調査官からの公式書簡が、グレイ法曹院で彼女の帰りを待っていることになるだろう。

彼女はキーをふたつタップして、携帯で夫を呼び出した。キスから逃げだして、ある程度は信用のある、それなりに堅実な、既婚婦人という隠れ蓑にあわてて逃げこもうとしたのである。ろくに考えもせずに、彼女は習慣的に電話した。自分とジャックのあいだの現状がどうなのかはほとんど意識していなかった。ためらいがちなハローという声が聞こえたとき、その響き方でキッチンにいるのがわかった。ラジオが鳴っていた。たぶんプーランクだろう。土曜日の朝には彼らはいつも――かつてはいつも――だらだらと、だが早い時刻に、朝食をとったものだった。ひろげた新聞、低くかけたBBCのラジオ3、コーヒー、ラムズ・コンデュイット・ストリートで買ったパン・オ・レザンを温めたやつ。彼はペイズリー柄のシルクのガウンを着て、ひげも剃らず、髪も梳かしていないだろう。

慎重な、どっちつかずの口調で、彼はだいじょうぶかいと訊いた。「だいじょうぶよ」と答えたとき、彼女は自分の声がとても正常に響いたので驚いた。そして、すらすらと口から出任せを言いはじめたが、ちょうどそのとき、ポーリングが近道を思い出して、渋滞から抜け出し、満足げなため息を洩らした。月末の何日に帰る予定かジャックにあらためて言っておくのは、所帯をうまく切りまわしていくやり方としてはじつにもっともらしかったし、帰った日の夜に外で食事しようと提案するのは——すくなくともかつては——自然なことだった。お気にいりの近所のレストランは予約でいっぱいのことが多かった。いまから予約しておいたほうがいいかもしれない。それはいい考えだ、と彼は言った。彼が驚きを声には出さずに、温かさとよそよそしさのあいだでうまく舵を取っているのがわかった。だいじょうぶか、と彼はもう一度訊いた。彼はフィオーナを知り抜いており、あきらかに、彼女の声はふつうではなかったのだろう。あまり強調しすぎないようにしながら、まったくなんの問題はない、と彼女は答えた。それから仕事について二言三言報告し合った。彼が会話を締めくくった、慎重な「じゃあね」という挨拶は、ほとんど質問みたいに聞こえた。

しかし、それはうまくいった。彼女は被害妄想的な白昼夢から抜け出して、打ち合わせや約束や関係の改善という現実のなかに入りこめた。自分に優秀な弁護士が付いているような気がしたし、常識的な考え方ができるようになった。彼女に対する苦情があったとすれば、いまごろは本人の耳に入っているはずだった。電話をして、なんとも言いようのないあの朝食の瞬間から事態を先に進められたのはいいことだった。世界は彼女が心配したとおりのものだったためしがないことを思い出せたのもよかった。一時間後、車が混雑したA69号線でのろのろとカーライルに入っていくころには、彼女は法廷の書類に没頭していた。

というわけで、それから二週間後、北部の四都市でさらに審判をくだし、巡回裁判が終わると、クラーケンウェル・ロードのレストランの静かな片隅のテーブルで、彼女は夫と向かい合っていた。ふたりのあいだにはワインのボトルが立っていたが、彼らは用心深く飲んでいた。あわてて一気に親密さに突入するつもりはなく、関係を台無しにするかもしれない話題にはふれないようにしていた。彼女が話の途中で爆発するかもしれない一風変わった爆弾でもあるかのように、彼はこわごわと細心の注意を払って話した。彼女は仕事について、彼のウェルギリウスの本について、紹介と作品選集を兼ねた高校や大学向けの〝世界的な〟教科書――これで一財産できると、彼はいじらしくも信じていた――について尋ねた。彼女は落ち着かなげに次から次へと質問したが、インタビューでもしているみたいに聞こえるだろうと自分でも感じていた。彼を初めてのときみたいに観察して、はるかむかし、彼に恋をしたときみたいに、彼のなかに他人とは違うところを見つけたいと思ったが、簡単ではなかった。彼の声や目鼻だちは自分自身のそれとおなじくらい馴染みのあるものだった。ごつごつした、いかにも不安そうな顔は、もちろん魅力的だったが、いまの彼女にとってはそうではなかった。テーブルの、グラスのそばに置かれている両手が、彼女の片方の手をにぎろうとしたりしなければいいのだが、と彼女は思っていた。

食事が終わりに近づいて、比較的安全な話題が尽きたとき、険悪な沈黙が流れた。もはや食欲はなく、デザートと残りの半分のワインには手が出なかった。彼らは無言のうちにたがいに相手を非難する気持ちに悩まされていた。彼女の頭には依然として彼のあの恥知らずな遠征があり、彼の頭には、たぶん、彼女の大げさな被害者意識があるにちがいなかった。彼は、むりに話しているような口調で、その前の晩に行った地質学の講演のことを話しはじめた。堆積岩の層の配列をどうすれば地球の歴史書みたいに読み取れるかという話だった。講演者は最後にちょっとした推論をしてみせた。いまから一億年後、海洋の大部分が地球のマントルのなかに沈みこみ、植物の生育を支えられるだけの二酸化炭素が大気中になくなって、世界の表面が生命のない岩だらけの荒地になったとき、地球の外からやってきた地質学者はわたしたちの文明のどんな証拠を発見するだろう？　地面から数フィートの岩石中に分厚い黒い線があり、それでわたしたちはそれ以前のすべてと区別されることになるだろう。その厚さ六インチの煤みたいに黒い地層が、わたしたちの都市であり、車であり、道路、橋、兵器なのである。同時に、それ以前の地質学的な記録には見つからない、ありとあらゆる化合物があるだろう。コンクリートやレンガは石灰岩みたいに簡単に風化し、最高品質の鋼鉄もボロボロくずれる鉄の染みになるだろう。もっと詳しい顕微鏡的な調査をすれば、厖大な家畜を飼育するためにわたしたちが作った画一的な牧草地からの、圧倒的な量の花粉が見つかるかもしれない。運がよければ、地質学者は化石化した骨を、わたしたちの骨さえ発見するかもしれない。しかし、すべての魚を含めた野生生物は、羊や牛の全重量のかろうじて十分の一を占めるにすぎない。したがって、地質学者は、生物の多様性が狭まりはじめた大量絶滅の初期を目撃していると結論するしかないだろう。

ジャックはすでに五分もしゃべりつづけていた。そうやって無意味な重苦しい時間を彼女に押しつけていた。想像を絶する永遠の荒野、避けがたい終末に彼は夢中になっていたが、彼女までは夢中にさせられなかった。寒々とした空気が彼女を包みこんでいた。その重苦しさが肩にかかり、脚にまで伝わっていくのを彼女は感じていた。彼女は膝からナプキンを取ると、降参したかのようにそれをテーブルに置いて、立ち上がった。

「お勘定をしてもらいましょう」と彼女は言って、早足でレストランを横切って化粧室に入った。鏡の前で目をつぶり、だれかが入ってきた場合にそなえて片手に櫛を持ったまま、ゆっくりと何度か深呼吸をした。

雪解けは速くもなければ、直線的でもなかった。初めのうちは、家のなかで意識的に相手を避けたり、息が詰まるようなやり方で、よそよそしく礼儀正しさを競い合ったりしないで済むことにほっとした。彼らはいっしょに食事し、友人たちとの食事の招待を受けいれるようになり、会話——大半は仕事のことだったが——をした。しかし、彼は依然としてスペアルームで寝ていたし、十九歳の姪が泊まりに来たときには、今度もまた居間の長椅子に移動した。

十月末。時計が巻き戻されて、消耗しきったこの一年も最後の直線コースに差しかかり、暗闇が迫ってきた。二、三週間、彼女とジャックのあいだにあらたな停滞状態が生まれて、ほとんど以前と変わらないほど息苦しくなった。しかし、彼女は忙しかったし、夜は疲れすぎていて、彼らを新しい段階に進めてくれるかもしれない集中力を要する会話をする気力がなかった。ストランド街でのいつもの事件の取り扱いにくわえて、彼女は新しい裁判手続きに関する委員会の委員長を務めていたし、家族法の改正に関する白書に応えるための別の委員会にも出席していた。夕食のあとまだエネルギーが残っていれば、マーク・バーナーとのリハーサルに備えて、ひとりでピアノを練習した。ジャックのほうも忙しかった。大学では病欠の同僚の穴埋めをしていたし、家ではウェルギリウス選集の長い前書きの執筆に没頭していた。

彼女とバーナーは、グレイト・ホールでのクリスマス会の幹事をしている法廷弁護士から、彼らがコンサートのオープニングに選ばれたと知らされていた。演奏時間は二十分以内で、アンコールは最大で五分だという。ベルリオーズの〈夏の夜〉から一曲と、マーラーのリュッケルト歌曲集からの一曲〈わたしはこの世から姿を消した〉を演奏するには十分だった。グレイ法曹院の合唱団がモンテヴェルディとバッハの曲をうたい、そのあと弦楽四重奏団がハイドンを演奏する。グレイ法曹院の評議員の少なからぬ少数派は、一年のうち数多くの夜を、メリルボーンのウィグモア・ホールで眉間にしわを寄せて室内楽に耳を傾けており、演奏される曲目をよく知っていて、間違った音は演奏される前からそれとわかると言われていた。ここでは、たとえその前にワインが出され、全体的な雰囲気は少なくとも表向きには寛大だとしても、アマチュアの催しにしては基準が懲罰的なくらい高かった。フィオーナはときどき夜明け前に目を覚まして、今回も水準をクリアできるかどうか、なんとか辞退する方法はないかと自問した。彼女はなんとなく集中できなかったし、マーラーはむずかしかった。けだるいほどゆっくりしていて、泰然自若としているからだ。それは彼女を剝きだしにしてしまうにちがいなかった。しかも、忘却に対するドイツ的な憧憬は彼女を落ち着かない気分にさせた。けれども、マークは演奏したくてうずうずしていた。彼の結婚は二年前に破綻していたが、いまや、シャーウッド・ランシーによれば、彼には愛人がいるのだという。おそらくその愛人が聴きにくることになっていて、マークは彼女を感心させたくてたまらないのだろう、とフィオーナは推測した。彼はフィオーナに曲目を暗譜してほしいとさえ言いだしたが、それはとてもできない、と彼女は言った。彼らはアンコールの小曲を三、四曲だけ暗譜することになった。

　十月の終わりごろ、裁判所の朝の郵便物のなかに、見馴れた青い封筒を見つけた。そのときはポーリングが部屋にいた。興奮と漠然とした不安の入り交じった自分の感情を隠すために、彼女はその手紙を持って窓際に行き、下の中庭に興味をもっているふりをした。ポーリングが出ていくと、彼女は封筒から一枚だけの紙片を取り出した。下端を引きちぎって四つ折りにした紙で、未完の詩が書きつけてあった。タイトルは活字体の大文字で、二重の下線が引かれていた。〈アダム・ヘンリのバラード〉小さな字だった。詩は長く、ページからあふれんばかりだったが、手紙は付いていなかった。彼女は最初の一行に目をやったが、意味が呑みこめなかったので、それをわきに置いた。三十分後には、むずかしい事件の審理がはじまる予定だった。婚姻に関わる一連の複雑な請求と反訴請求で、これからの二週間はこれに完全にかかりきりになる見通しだった。両当事者が相手を犠牲にしてとてつもない金持ちでありつづけようとしていた。いまは詩を読んでいる場合ではなかった。

　彼女がふたたび封筒をあけるまでに二日間が過ぎた。朝の十時だった。ジャックは堆積層に関する別の講演に出かけたか、少なくとも本人はそう言っており、彼女はそれを信じることにしていた。自分の長椅子に横たわって、膝の上にそのちぎられた紙片をひろげた。バースデーカードによくあるくだらない詩に見えた。それから、ちょっと努力して、むりやりもっと受けいれやすい心の状態にもっていった。結局のところ、それはバラードであり、彼はまだ十八歳なのだから。

アダム・ヘンリのバラード

わたしは木の十字架に手をかけて、小川のほとりまで引きずっていった。
わたしは若く、愚かで、夢に惑わされていた、
懺悔は愚行であり、重荷は愚か者のためにあるという夢に。
しかし、日曜日には、規則に則って生きるように言われていた。

棘が肩に刺さって、十字架は鉛のように重く、
わたしの人生は狭く敬虔で、わたしはほとんど死にかけていたが、
小川は楽しげに踊り、陽光が跳ねまわっていた。
だが、わたしは地面を見つめて、歩きつづけなければならなかった。

そのとき、水中から魚が跳びだして、鱗を虹色に輝かせ、
水滴の真珠が躍って、銀色のモールになって垂れさがった。
「自由になりたければ、十字架を川に投げこむがいい！」
だから、わたしは自分の荷物をユダの木の木陰の川に投げ捨てた。
わたしが不思議な幸福感にひたって、川のほとりにひざまずくと、
彼女はわたしの肩にもたれかかって、この上なく甘味なキスをした。

しかし、彼女は冷たい水底にもぐりこんで、二度と見つからなかった。
わたしは涙の海に溺れかけたが、やがてラッパの音が聞こえた。

そして、イエスが水面に立って、わたしに言った。
「あの魚は悪魔の声で、おまえは代償を支払わなければならない。
彼女のキスはユダのキスであり、わたしへの裏切りである。
願わくば……

願わくば、彼がどうだというのだろう？　最後の一行の後半は、考えなおした単語を囲む蜘蛛の巣のような線の絡み合いのなかに、削除したり、もとに戻したり、疑問符の付いたほかの単語に入れ替えたりしているなかに、埋もれていた。その混乱を解読しようとする代わりに、彼女はもう一度その詩を読み返し、背もたれに寄りかかって目を閉じた。少年が彼女に腹を立て、彼女を悪魔に見立てていることが気になって、彼への返事を夢想しはじめた。けっして出すことはないだろうし、書くことさえないのはわかっていたが。まずなによりも少年をなだめ、自分の立場を弁解したい衝動に駆られた。彼女は平板な常套句を思い浮かべた。〈わたしはあなたを追い返さなければならなかったけれど、それはあなたの最善の利益のためだった。あなたにはこれからの若々しい人生があるのだから〉。それから、もうすこし筋道を立てて考えた。〈たとえ部屋があったとしても、あなたを下宿させるわけにはいかなかった。裁判官にはそんなことはけっしてできないのです〉。それから、さらに、〈アダム、わたしはユダではありません。年老いたニジマスではあるかもしれないけれど……〉。この最後の一行は猛烈な自己正当化を和らげようとしたのだが……。

彼女の〝この上なく甘味なキス〟はあまりにも無謀であり、少なくとも彼に関するかぎり、何事もなく済むはずはなかった。しかし、彼に返事を書かないのは純粋な親切心からだった。返事を出せば、彼はまたそれに返事を書き、彼女の家に押しかけてきて、彼女はまた追い返さなければならないだろう。彼女は紙片をたたんで封筒に戻し、ベッドルームに持っていって、ベッドサイド・テーブルの引き出しにしまった。彼はすぐに先に進んでいくだろう。彼はもとの宗教に戻ったのだろうか。それとも、ユダやイエスは、彼女のひどい振る舞いを、彼にキスをしておきながらタクシーで送り返したことを、ドラマチックに表現する詩的工夫に過ぎないのだろうか。いずれにしても、アダム・ヘンリは遅れていた試験を優秀な成績でパスして、いい大学に進学するだろう。彼の心のなかで彼女のことはしだいに薄れていき、彼の感情教育が進むにつれて、彼女は取るに足りない存在になっていくだろう。

彼らはマーク・バーナーの事務所の下にある、狭いがらんとした地下室にいた。どういうわけでグロトリアン゠シュタインヴェークのアップライトがこんなところにあるのか、だれも覚えていなかったし、過去二十五年間だれひとり、それを自分のものだと主張したり、どこかに動かそうとした者はいなかった。ふたには引っかき疵《きず》や煙草の焼け焦げがあったけれど、アクションはよく、音色はビロードみたいに滑らかだった。外は氷点下で、今年初めての雪が一インチ、グレイズ・イン・スクエアに絵のように美しく積もっていた。ここ、彼らがリハーサル・ルームと呼んでいる部屋には暖房機《ラジエーター》はなかったが、片側の壁に縦に固定されたヴィクトリア時代初期の配管があり、そのなかの何本かがかすかに熱を放っているせいで、ピアノはたまたま音が狂わずに済んでいた。床に敷かれているのは一九六〇年代の、コーヒーの染みのあるコールテン地のカーペットで、かつてはコンクリートに貼りつけられていたのだが、いまや縁が反抗的に跳ね上がっており、足が引っかかりやすかった。照明は、低い天井にねじ込まれた、まばゆい一五〇ワットの裸電球だった。しばらく前から、マークは笠を付けるつもりだと言っていた。譜面台とピアノ用の椅子を除けば、ただひとつの家具は華奢なキッチンチェアで、そこに彼らのコートとスカーフが積み上げられていた。

フィオーナは鍵盤の前に坐って、両手を温めるために膝の上で組んだまま、目の前の楽譜を見つめていた。ピアノとテノール用に編曲された〈夏の夜〉。自宅の居間のどこかにキリ・テ・カナワの古いレコードがあるはずだったが、もう何年も目にしていないし、いまはそれは役に立ちそうもなかった。彼らはすぐにも練習をはじめる必要があった。まだ二度しか練習していなかったのだから。だが、マークはその前日の裁判にまだ腹を立てていて、その理由を話さずにはいられなかった。そして、まもなく退職するつもりだから、将来自分がどうするつもりかについても。彼はもううんざりしていた。あまりにも悲しく、あまりにも愚かしく、若い生命をあまりにも無駄にしている。むかしからの虚仮威しだったが、彼女はそこに坐って震えながら、彼の話を最後まで聞いてやらなければいけないと感じていた。そうは思っても、思わず一曲目の〈ヴィラネル〉に目をやらずにはいられなかった。そっと繰り返される和音、脈打つスタッカートの震え。

そのあまいメロディを想像したり、ゴーティエの詩の一行目を自己流に散文的に訳してみたりせずにはいられなかった――。

〈新しい季節がめぐりきて、寒さが消え去ったら……〉

バーナーの担当した事件は、タワー・ブリッジの近くで、たまたま出会った四人組と喧嘩した四人の若者に関するものだった。八人全員が酔っ払っていた。逮捕され起訴されたのは後者の四人だけだった。陪審は故意の重大な傷害罪で有罪と認め、被告たちは共同正犯として扱われるべきである、すなわち、個々の人間が何をしたかとは無関係に、全員同様に扱われるべきであるという検察側の主張を受けいれた。彼らは全員いっしょにそれに関わっていたのだから。評決のあと――これは判決がくだされる一週間前だったが――、サザーク区の裁判官、クリストファー・クランハムは長期の禁錮刑を覚悟しなければならないだろうと男たちに告げた。この段階で、四人のひとり、ウェイン・ギャラハーの親類が心配して、マーク・バーナーに弁護を依頼した。家族や友人たちからカンパを募り、オンラインのクラウド・ソーシングを巧みに利用して、必要な二万ポンドを集めたのである。ギャラハーに対する判決がくだされる前に、この著名な勅選弁護士が刑の軽減のために効果的な弁論を展開してくれることを期待してのことだった。有能で文句のつけようのない法律扶助の当番弁護士は解任されたが、法廷弁護士に事件を説明する事務弁護士は留任になった。

バーナーの依頼人はドールストン地区生まれの二十三歳、ちょっとぼんやりした若者で、最大の欠点はひどく受動的だということだった。それと、約束を守れないということも。母親は酒飲みで、麻薬の常用者だった。父親も似たような問題を抱えていて、親に見捨てられ混沌としていたこの若者のこども時代にはほとんど不在だった。自分は母親を愛しており、母親も自分を愛している、とウェインは主張していた。母親からは一度も殴られたことがなかったからだ。思春期の大半は母親の世話を焼くことに費やされ、彼はしばしば学校を欠席した。十六歳で学校をやめて、単純労働――鶏の羽根をむしる工場、倉庫での肉体労働、ちらしの配布――の仕事に就いた。彼は失業保険や住宅手当を請求したことはなかった。五年前、十八歳のとき、ある娘に悪意から強姦罪で訴えられ、少年犯罪者施設に二、三週間収容されて、そのあと標識を付けられ、六カ月のあいだ厳格な夜間外出禁止を言い渡された。セックスは合意のもとだったことを証明する携帯電話のメッセージの証拠があったが、警察は調査を拒否した。強姦事件の検挙目標件数があり、ギャラハーはまさにぴったりだったからである。裁判の一日目に、告発者の親友からの決定的証拠がこの事件を瓦解させた。自称被害者は犯罪被害補償審査会からの補償金を当てにしていた。彼女はどうしても新しいＸｂｏｘを買いたかったのである。彼女は自分の意図を友だちにメッセージで送っていた。検察官は書類を床に投げ捨てて、「ばか娘め！」とつぶやいたという。

「もうひとつ、記録上の汚点は」とバーナーは言った。「ギャラハーが十五歳のとき、警察官のヘルメットをたたき落としたというものだった。ばかげた悪ふざけだ。しかし、記録上は〝警察官への暴行〟になっていた」

〈もう春だよ、わたしの愛しい人。恋人たちの祝福された季節だ〉

法廷弁護士は彼女の左肘の横、譜面台の前に立っていた。ぴっちりした黒のジーンズに、黒のポロネックのセーターで、むかしのビート族を思わせた。ただひとつの違いは、首にかけた紐に老眼鏡を吊していることだった。

「いいかね、クランハムがその若者たちにどんな判決が見込まれるかを教えたとき、そのうちふたりはすぐに刑期を務めたいと言ったんだ。羊みたいに従順だ。オーヴンの前に行列している七面鳥みたいなものだ。だから、ウェイン・ギャラハーは、もう一週間だけ自分のパートナーといっしょにいたいと思っていたにもかかわらず、彼らに同調しなければならなかった。こどもが生まれたばかりだったのに。わたしははるばるロンドン東部の向こう側のブタ箱まで足を運ばなければならなかったんだ。テムズミードまで」

フィオーナは楽譜のページをめくった。「わたしも行ったことがあるわ」と彼女は言った。「ほかのところよりはマシだったけど」

〈この苔むすベンチにおいで、わたしたちの幸せな恋について語り合おうよ〉

「聞いてくれ」とバーナーが言った。「四人のロンドンの若者たち。ギャラハー、クイン、オローク、ケリー。アイルランド系の三世か四世。ロンドン訛り。みんなおなじ学校だった。そんなに悪くない総合制中学だ。逮捕した警察官は名前を見て、こいつらはチンピラだと決めつけた。だから、検察庁は共同正犯を採用したんだ。ふつうはギャングに使うやり方だが。じつにおみごと。なんともすっきりした、無精なやり方だ」

「マーク」と彼女がささやいた。「もうはじめないと」

「もうすぐだ」

偶然だったが、その喧嘩は二台の監視カメラにしっかりと記録されていた。

「カメラ・アングルは完璧で、全員の姿が見えた。抑えられた色調で。ばっちり鮮明に映っていた。マーティン・スコセッシでもそれ以上の映像にはできなかっただろう」

バーナーは四日間かけて、この事件を頭のなかで整理し、DVDを何度も何度も再生して、二台のカメラの位置からとらえられた八分間の喧嘩の動きの変化を記憶し、彼の依頼人とほかの七人のすべての行動を頭に入れた。シャッターの下りている商店と電話ボックスのあいだの広い舗道での彼らの最初のコンタクト、険悪な言葉のやりとり、ちょっとした小突きあい、そらした胸、ふんぞり返った歩き方、雑然とした人の群れは片側あるいは反対側に偏り、ときには歩道から車道へこぼれ出た。片手が前腕をつかみ、別の手のひらの付け根が肩を押す。それから、グループの後ろのほうにいたウェイン・ギャラハーが片手を挙げて、彼にとっては生憎なことに、最初のパンチを繰り出し、さらにもう一度パンチを放った。しかし、こぶしが高すぎたし、居場所が後ろすぎた。おまけに、もう一方の手にビールの缶を持っていたので動きが鈍かった。彼のパンチは効果がなく、殴られた男はほとんど気づかなかった。いまや、グループは大まかに二手に分かれた。そのときだった、依然として興奮していたギャラハーがビールの缶を投げたのは。下手投げだった。投げつけられた男は上着の襟に付いたビールの染みを手ではらった。それに対する仕返しとして、四人組のうちのひとりが前に出ると、ギャラハーの顔を強打して、唇を切り裂き、彼にはそれ以上の手出しをさせなかった。彼は呆然としてじっと立ち竦んだが、まもなく喧嘩の輪から身を引いて、カメラのアングルから外れた。

喧嘩は彼なしでつづいた。旧友のひとり、オロークが入ってきて、ギャラハーにパンチを見舞った男を一発で殴り倒した。その男が倒れると、もうひとりの友人のケリーが蹴りを入れて、顎骨を砕いた。三十秒後、もうひとりの男が倒され、今度はクインがそいつを蹴飛ばして、頬骨を骨折させた。警察が到着すると、ギャラハーを殴った男は立ち上がって、その場から逃げ出し、ガールフレンドのフラットに身を隠した。逮捕されて、仕事をクビになるのを心配したのだ。

　フィオーナは腕時計に目をやった。「マーク……」

「もうすこしだ、マイ・レディ。要は、わたしの依頼人はただそこに立って、警察を待っていたということなんだ。顔中血だらけにしてね。罪を犯したというよりは罪を犯されてというわけだ……。骨が折れていたから、これは重大な傷害罪《GBH》だということになる。警察は四人全員をさまざまな訴因で起訴した。しかし、法廷では、検察は共同正犯ならびに量刑ガイドラインのGBHレベル2の刑を主張した。これは五年から九年だ。むかしからよくある話だがね。わたしの依頼人は暴力には参加していないのに、ほかの者たちが犯した罪、自分は起訴されてさえいない犯罪で刑を宣告されようとしているんだ。彼は無罪を主張した。闘争罪を認めるべきだったんだが、わたしはその場にいなかったから助言できなかった。法律扶助の弁護士は陪審員に彼の血だらけの顔の警察写真を見せるべきだった。それはともかく、頬骨を骨折した男は被害届を提出することを拒否した。彼は検察側証人として出廷して、こんなに大騒ぎする理由がわからないと言った。そして、裁判官に向かって、彼は治療を必要としなかったし、喧嘩の二日後にはスペインに休暇に出かけたと言った。最初の数日間はウオッカをストローで飲まなければならなかったが、ただそれだけだった——本人がそう言ったんだ。裁判記録に載っているよ」

　話を聞きながら、彼女は鍵盤上で和音の形に指をひろげたが、実際に弾きはしなかった。〈野イチゴを摘んで、家へ帰ろう〉

「言うまでもないが、陪審員の評決については、わたしはなにもできない。わたしは七十五分間しゃべって、ウェインを残りの連中から切り離し、GBHをレベル3に下げさせようとした。ガイドラインでは三から五年だ。また、事実無根の強姦罪で法の執行者は彼に六カ月の自由の借りがあることをしっかりと立証した。それから、彼には猶予判決が与えられて然るべきで、この愚行はせいぜいその程度のものであることも。ほかの三人の法律扶助弁護士はそれぞれの依頼人についで十分ほどの弁論を行なった。クランハムが事件概要の説示をした。怠惰な野郎だ。わかった、ではレベル3だ、やれやれ。だが、彼は共同正犯を手放そうとはしなかったし、わたしの依頼人の短縮されるべき刑期については、法の執行者はわたしが言ったことを考慮に入れるのを完全に忘れた。そして、全員に二年半を言い渡したんだ。怠慢かつ不当だ。しかし、傍聴席のほかの連中の親たちはほっとして涙を流していた。最低でも五年は喰らうと思っていたからだ。わたしはみんなにいいことをしてやったことになるんだろう」

フィオーナが言った。「その判事は自分の裁量権を使って、ガイドラインを下まわる量刑判断をしたのよ。幸運だったと思うべきね」

「重要なのはそこじゃない、フィオーナ」

「はじめましょう。もう一時間もないのよ」

「最後まで聞いてくれ。これはわたしの退職スピーチなんだから。連中はみんな働いていた。みんな納税者なんだぞ、まったく！　わたしの依頼人はなんの危害も加えていない。その境遇から考えれば、予想しにくいことだが、彼は積極的にこどもの世話をする父親であることがわかったんだ。ケリーは余暇の時間にこどもたちのサッカー・チームを運営している。オロークは週末には嚢胞性線維症患者の慈善団体で働いている。しかも、これは無辜の通行人に対する襲撃ではないんだぞ。パブの外でのつかみ合いだったんだ」

彼女は譜面から目を上げた。「頬骨の骨折は？」

「いいだろう。喧嘩だ。同意した成人どうしの。こういう連中を刑務所に押しこんで何になるというんだ？　ギャラハーは害のないパンチを二発繰り出して、ほとんど空のビールの缶を投げただけだ。それで二年半だ。しかも、告発されてもいない罪のために永久にGBHという前科が残る。彼はアイシスへ送られるということだ。知っているだろう、ベルマーシュ刑務所の壁のなかにある、あの少年犯罪者施設だ。わたしは二、三度行ったことがある。ウェブサイトでは〝学習アカデミー〟があると言っているが、大嘘だ！　わたしの依頼人のなかには、一日二十三時間独房に閉じこめられていた者がいる。毎週、授業がキャンセルされている。人手不足だというんだ。うんざりしたような顔をしているクランハムは、ひどい癇癪持ちでだれの言うこともじっと聞いていられないふりをしている。こういうこどもたちがどうなろうと、彼の知ったことではないんだ。ブタ箱にぶち込まれて、ふてくされて、犯罪者になる方法を学んでいるというのに。わたしの最大のミスが何だったかわかるかね？」

「何だったの？」

「これが酔っ払って、元気がよすぎただけの事件だという点をわたしは強調しようとした。暴力は合意の上でのことだった。『もしもこの四人の紳士がオックスフォードのブリンドン・クラブのメンバーだったら、彼らはこの場にはいなかったでしょう、裁判長』とわたしは言った。ひどく不吉な予感がしたから、家に帰ると、紳士録でクランハムを調べてみたんだが、どういうことだったかわかるかね？」

「まあ、なんてことなんでしょう、マーク。あなたには休暇が必要なのよ」

「言っておくがね、フィオーナ。これはまさに階級闘争そのものなんだ」
「そして、家事部にはシャンパンと野イチゴ《フレーズ・デ・ボワ》があふれているのね」
それ以上待つことをせずに、彼女は前奏の十小節を、穏やかだが執拗な和音を演奏しはじめた。ちらりと横目で見ると、マークは老眼鏡をかけようとしていた。それから、すばらしいテノールの声が、作曲家のドルチェという指示に忠実に、あまく柔らかくふくらんでいった。

新しい季節がめぐりきて《カン・ヴィアンドラ・ラ・セゾン・ヌーヴェル》、
寒さが消え去ったら《カン・トロン・ディスパリュ・レ・フロワ》……

五十五分のあいだ、彼らは法律のことを忘れた。

十二月、コンサートの当日、彼女は六時に裁判所から戻ってくると、急いでシャワーを浴びて、着替えをした。ジャックがキッチンにいる物音がしたので、ベッドルームへ行く途中、ハローと声をかけた。彼は冷蔵庫のそばにかがんでいたが、うなり声で答えた。四十分後、彼女は黒のシルクのドレスに黒のパテント・レザーのハイヒールといういでたちで廊下に出た。ヒールが梃子になってペダルが踏みやすいのである。首にはシンプルなシルバーのチョーカー。香水はリヴ・ゴーシュだった。めったにさわらない居間のステレオからピアノ音楽が流れていた。古いキース・ジャレットのアルバム〈フェイシング・ユー〉の一曲目。ベッドルームのドアの外側に立ち止まって、彼女は耳を澄ました。ためらいがちに、一部だけ弾かれるこのメロディを聞くのは久しぶりだった。それがどんなに滑らかに力強さを増し、生き生きとした旋律になっていくかを彼女はすっかり忘れていた。そのあいだにも、左手は奇妙に変形されたブギに突入し、それが加速する蒸気機関車みたいに制止できない強烈さになる。クラシックの訓練を受けたミュージシャンでなければ、ジャレットのように両手をたがいに完全に自由には操れないだろう、というのが、偏っているかもしれないが、少なくとも彼女の意見だった。

ジャックはそれとなく自分の気持ちを伝えようとしていた。というのも、これははるかむかしの恋愛時代、ふたりのサウンドトラックだった三、四枚のアルバムのひとつだったからである。あのころ、卒業試験が終わり、女だけの『アントニーとクレオパトラ』も終わったあと、彼にしきりに口説かれて、彼女はまず一晩だけ、それから何十という夜を、東向きの天窓のある部屋で明かしたものだった。性的なエクスタシーというのが単なる誇張された言葉ではなかったことを理解したのも、七歳のとき以来初めて歓喜の叫びをあげたのも、そのころだった。彼女は後ろ向きに倒れて、遠く離れた人の住まない空間に落ちていった。そして、そのあと、ベッドに並んで横たわり、セックスのあとの映画スターみたいにシーツを腰に巻きつけて、自分が立てた騒音をふたりで笑ったものだった。さいわいにも、下の階にはだれもいなかった。それはいままでに受け取った最高の褒め言葉だ、とクールな長髪のジャックは言った。骨の髄まで疲れきって、二度とふたたびそこに行くだけの力が回復するとは想像もできない、と彼女は言った。生きて戻ってくるつもりならば。しかし、彼女はまたそこへ行った、何度となく。若かったのである。

そのころだった。いっしょにベッドにいないとき、ジャズでもっと彼女を誘惑できるのではないかとジャックが考えたのは。彼女の演奏には感心していたが、厳密な記譜法や死んで久しい天才たちの専制から解放してやりたいと思ったのだ。彼はセロニアス・モンクの〈ラウンド・ミッドナイト〉を聴かせて、楽譜を買ってやった。演奏するのはむずかしくはなかった。だが、滑らかでアクセントのない彼女の演奏は、ぱっとしないドビュッシーの曲みたいに聞こえた。それでいいんだ、とジャックは言った。偉大なジャズの巨匠たちもドビュッシーを敬愛し、彼から学んだのだから。彼女はあらためて聴きなおし、何度も何度も、自分の目の前にあるものを演奏したが、ジャズは演奏できなかった。律動感もなく、直感的なシンコペーションのセンスもなく、自由さもなく、彼女の指は書かれている速度記号や音符をただ従順になぞるだけだった。だから、わたしは法律を勉強しているのよ、と彼女は恋人に言った。規則を尊重する人間だから。

ジャズを演奏するのはあきらめたが、聴くことは覚えた。ほかのだれよりもすばらしいと思ったのはジャレットだった。彼女はローマのコロッセオでのコンサートにジャックを連れていった。あくまでも軽やかなテクニックで、モーツァルトみたいに豊かな叙情的アイディアがやすやすと迸り出てくる演奏だった。それから、じつに長い年月が経っていたが、いまここでふたたび、それが彼女をその場に釘付けにして、自分とジャックがかつてはどんなふうにじゃれ合っていたかを思い出させた。音楽の選択はじつに巧みだった。

廊下を歩いていって、居間の入口でふたたび足を止めた。彼はせっせと準備をしていた。ずいぶん前から電球が切れていたランプがいくつか光を放っていた。部屋のそこここには何本かのロウソク。冬の夜の小糠雨を締め出すためにカーテンが引かれ、一年以上使われていなかった暖炉には、石炭ばかりか薪もくべられて、明々と火が燃えさかっていた。ジャックはその横に立って、シャンパンのボトルを持ち、彼の前のローテーブルには、プロシュートとオリーブとチーズの皿が置かれていた。

ブラック・スーツにネクタイなしのワイシャツといういでたち。彼は依然としてスマートだった。彼女のそばに歩み寄って、その手のなかにシャンパン・グラスを置き、それを満たして、それから自分にも注いだ。グラスを上げて、ふれあわせたときにも、彼はきびしい表情をくずさなかった。

「わたしたちにはあまり時間がない」

もうすぐ出かけてグレイト・ホールまで歩かなければならないという意味だろう、と彼女は受け取った。コンサートの前にアルコールを飲むなんて狂気の沙汰だったが、かまうものかと思った。彼女はもう一口飲んで、彼のあとから暖炉に歩み寄った。彼が皿を差し出すと、パルメザンの塊をひとつつまんだ。ふたりは暖炉の両側に立って、マントルピースにもたれていた。巨大な暖炉のオーナメントみたいだ、と彼女は思った。

彼が言った。「どのくらいかはわからないけど、もう何十年もあるわけじゃない。だから、もう一度生きはじめるか、ほんとうに生きはじめるか、それとも、あきらめて、これから死ぬまで惨めなままでいることを受けいれるかのどちらかだ」

むかしからの彼のお題目だった。現在を楽しめ《カルペ・ディエム》。彼女はグラスを上げて、厳粛に言った。「もう一度生きることに」

彼の表情がかすかに変化したのがわかった。安堵と、さらにその向こう側の、もっと激しいなにか。

彼は彼女のグラスをふたたび満たした。「そういえば、そのドレスはすばらしいね。きれいだよ」

「ありがとう」

彼らはじっと見つめ合ったが、そうしていると、やがてほかにはどうしようもなくなり、たがいに歩み寄ってキスをした。それから、もう一度キスをした。彼の手は彼女の背中のくぼみに軽くあてがわれているだけで、以前はよくそうしたように、腿のほうに下りてはいかなかった。彼は一歩ずつ段階を踏んでいるのだった。そのデリカシーが彼女の心を動かした。音楽的にも社会的にも重大な義務が課されているのでなければ、この解放がふたりをどこに導いたかは疑う余地もなかった。しかし、彼女の後ろの長椅子には譜面が置いてあり、正装をくずさずにいることが彼らの義務だった。だから、彼らはギュッと抱きしめ合って、もう一度キスをしてから体を離し、それぞれグラスを手にすると、無言でふれあわせて飲み干した。

何年か前のクリスマスに彼女がプレゼントした巧妙な仕掛けのスプリング付きの道具で、彼はシャンパンのボトルに栓をした。「あとで」と彼が言って、彼らは笑った。

それからコートを取って、外に出た。ハイヒールの足下がぐらつかないように、彼女は夫の腕にすがってホールまで歩いた。彼が紳士然として、自分の上にではなく、彼女の頭上に差してくれた傘に守られて。

「演奏するのはきみだし」と彼は言った。「シルクのドレスを着ているのもきみだからね」

おしゃべりと笑い声のどよめきが百五十人ほどの人たちが集まっていることを告げていた。だれもがワインのグラスを手にして立ち、椅子が用意されていたが、まだ坐っている人はいなかった。ステージにはファツィオーリと譜面台が据えられていた。グレイ法曹院のメンバーたち、評議員たち、彼女の職業的・社会的生活の大部分が一堂に会していた。三十年以上にわたって、この目の前にいる人たちとともに、あるいは彼らに抗して、彼女は仕事をしてきた。さまざまな著名人、外部からの人たちも少なくなかった。リンカーン法曹院、インナーおよびミドル・テンプル法曹院――首席裁判官その人、控訴院からも何人か、最高裁判所のふたりの裁判官、法務長官、大勢の著名な法廷弁護士。市民の運命を決し、彼らから自由を奪い取ることのできる法の執行者たち。彼らにはユーモアのセンスがあり、仕事の話をするのが大好きで、騒音は耳を聾するばかりだった。数分もしないうちに、彼女とジャックはたがいに相手を見失った。だれかがやってきて、ラテン語で彼の助けを借りたいと言い、彼女は記録長官のエキセントリックな友人についてのゴシップの輪に引きこまれた。自分からはほとんど動く必要がなかった。いろんな友人たちがやってきて彼女を抱擁して幸運を祈ったり、手をにぎったりした。コンサートの前にパーティをひらくことを認めたのは、ペンションすなわちグレイ法曹院評議委員会の妙手だった。ワインが、とフィオーナは期待した、ウィグモア・ホール一派の批評能力を多少は和らげてくれるといいのだが。

銀のトレイを持ったウェイターがやってくると、彼女は気分がよかったので断る気になれなかった。グラスを受け取ったとき、視線の先に、距離にして五十フィート、人数にして百人ほど向こうにマーク・バーナーの姿が現れて、やめておけと言いたげに指を振った。もちろん、彼の言うとおりだった。彼女は彼に向かってグラスを上げて、一口だけ飲んだ。友人のひとり、女王座部の信念確固たる男が、たまたま彼の甥にあたる〝優秀な〟法廷弁護士を紹介したいと言って、彼女を引っ張っていった。誇らしげな伯父が見守る前で、哀れに口ごもる痩せた若者を気づかって、彼女はいくつかの質問をした。もっと活きのいい話し相手が欲しいと思いはじめたとき、ミドル・テンプル法曹院の古い女友だちが割りこんできて、彼女を抱きしめ、その場からさらって、御しがたい若い女性法廷弁護士仲間のところに引っ張っていった。彼女たちは、ユーモアのある言い方ではあったが、すこしもいい仕事がまわってこないと言っていた。いい仕事はみんな男にまわされてしまうのだと。

案内係が人混みのなかを歩いて、まもなくコンサートがはじまると告げ、人々はしぶしぶ椅子のほうに移動しはじめた。美味しいワインとゴシップを厳粛な音楽と交換するのは初めは簡単なことではなかったが、グラスが回収され、騒音は静まりつつあった。彼女はステージの右端にある階段に向かったが、肩に手がふれたのを感じて振り返った。マーサ・ロングマン事件のシャーウッド・ランシーだった。なぜか、黒ネクタイをしていた。お腹のせり出した年配の男が正装すると、罠にかかっているみたいで哀れだった。彼は彼女の腕に片手をかけて、新聞に出ていない興味深い事実を教えようとした。彼女は彼のそばに近づいて聞き取ろうとしたが、頭はコンサートのことでいっぱいで、心臓がすでに締めつけられ、彼の言うことに注意を集中するのはむずかしかった。それでも、彼が言っていることはわかったような気がしたので、もう一度言ってもらおうとしたが、そのとき彼女の先を歩いていたマークが振り向いて、焦れったそうな手ぶりをするのが見えた。彼女は背筋を伸ばして、ランシーに礼を言い、テノールのあとからステージに向かった。

階段の下に立って、聴衆が着席して始まりの合図があるのを待っているとき、「だいじょうぶかい？」とマークが訊いた。

「だいじょうぶよ。なぜ？」

「顔色が真っ青だよ」

「そう」

無意識に、彼女は片手の指先を髪にやり、楽譜を持っていたもう一方の手をギュッとにぎりしめた。わたしは気が動転しているように見えるのだろうか？　彼女は自分が飲んだ量を計算してみた。マークから警告された白ワインをせいぜい三口飲んだだけだった。全部合わせても、グラス二杯くらいだろう。それならだいじょうぶなはずだった。彼が手を貸して彼女を階段に導き、ふたりはステージに上がった。ピアノの横に並んで、敬礼の代わりに軽くお辞儀をすると、ホーム・チームのために取っておいたような拍手が湧いた。何と言っても、グレイト・ホールでのクリスマス・コンサートはこれで五回目だったのである。

腰をおろして、楽譜を目の前に並べ、ピアノの椅子の高さを調節した。彼女は深く息を吸ってゆっくりと吐き出し、先ほどまでの会話の断片をふるい落とそうとした。口ごもる法廷弁護士や、仕事を奪われた元気な若い女たち。そして、たったいまランシーから聞いたこと。いや、いまは考えている時間はなかった。マークがうなずいて準備ができた合図をすると、彼女の指はただちにその巨大な楽器からやさしく揺らめく和音を紡ぎ出し、彼女の頭はそのあとについていった。テノールの歌い出しは完璧で、数小節も進まないうちに、練習ではめったになかったほど、ふたりがひとつの目的に向かって一体になった。もはや精神を集中して間違えずに進もうとするのではなく、苦もなく音楽に溶けこんでいけた。ちょうど適当な量のワインを飲んだのだろう、という考えが脳裏をかすめた。滑らかで深みのあるファツィオーリが彼女を引き上げてくれた。彼女もマークも音の流れに浮かんで、やすやすと流されていくかのようだった。彼の声はいつもより温かみがあるように聞こえ、ぴったりと音符に重なって、彼がときおり響かせる耳障りなビブラートもなかったので、じつにのびのびと、〈ヴィラネル〉ではベルリオーズが仕掛けたあらゆる歓喜を探し出し、〈入江のほとり（ラメント）〉では、鋭く下降する旋律「ああ！愛もなく海に出ていくなんて《サン・ザムール・サン・ナレ・シュル・ラ・メール》」の悲しみを汲みつくすことができた。演奏はひとりでに進んでいった。指が鍵盤にふれるとき、自分が聴衆の後ろのほうに坐っているような、必要なのはそこにいることだけであるかのような感じがした。彼女とマークはふたりいっしょに、時間も目的も越えた、音楽創造の果てしない超空間に入りこんでいた。彼女がかすかに意識していたのは、戻ってきたときなにかが自分を待っていることだけだった。彼女のはるか下方に、見馴れた風景のなかに異質な斑点みたいなものがあった。もしかすると、そんなものはないのかもしれなかったし、事実ではないのかもしれなかったが。

　彼らは夢から抜け出したかのように、ふたり並んで立ち、ふたたび聴衆と向かい合った。拍手は盛大だったが、それはいつものことだった。グレイト・ホールのこの季節の寛大な精神に則って、むしろ冴えない演奏にこそいちだんと大きな拍手が送られることが多いのだ。マークとちらりと目を合わせ、その目に光るものを見て取ったとき初めて、彼女は自分たちがアマチュアの演奏の限界を突破したことを確信した。彼らは実際にその作品になにかをもたらしたのだ。聴衆のなかに彼が感嘆させたい女性がいたとすれば、こんな古風なスタイルで求愛されて、すっかり夢中になっているにちがいなかった。

彼らがマーラーのために定位置に着くと、会場はすっと静まりかえった。今度は彼女はひとりだった。長い前奏はピアニストがその場で即興的に演奏しているかのように聞こえた。無限の忍耐力をもって、ふたつの音がためらいがちに響き、それが繰り返されて、もうひとつの音が加えられ、その三音が繰り返されて、四音目が加えられると初めて旋律が豊かにひろがりだし、この作曲家がつくりだしたもっとも美しいメロディのひとつになっていく。彼女は自分がみじめに剝きだしになっているとは感じなかった。そして、第一級のピアニストの第二の天性である、中央ハより高い音を鐘のように響かせることさえでき、ほかのところでは、自分のタッチで聴衆にオーケストラ版のハープの音を聴いているかのように感じさせた。歌い出しからすぐに、マークは静かなあきらめの気分をとらえた。どういう理由からか、彼はドイツ語ではなく英語でうたうことにこだわった。アマチュアのみに認められる特権である。その結果、だれもがただちに世間の騒がしさから身を引く男を理解した。〈わたしはほんとうにこの世から死んだようなものなのだから〉。ふたりは聴衆の心をとらえていることを感じ、演奏はさらに昂揚した。フィオーナは自分が厳かな足取りで恐ろしいものに向かっていることを知っていた。ほんとうなのか、ほんとうではないのか。それは音楽がやんで、自分がそれと向かい合うときまでわからないだろう。

ふたたび、喝采、軽いお辞儀、そして、今度はアンコールの要求。足を踏みならす音さえあり、それがしだいに大きくなっていった。演奏者はたがいに顔を見合わせた。マークの目には涙がたまり、彼女は自分の笑みがこわばっているのを感じた。ピアノの椅子に戻って、聴衆が静まりかえったとき、口のなかに金属的な味がした。何秒かのあいだ、彼女は両手を膝に置いて、下を向いたまま、パートナーと目を合わせるのを拒んでいた。暗譜した曲目のなかから、彼らはすでにアンコールはシューベルトの〈楽に寄す《アン・ディー・ムジーク》〉に決めていた。むかしからのお気にいりで、これなら間違いがなかった。彼女は両手を鍵盤の上に伸ばしたが、依然として顔を上げなかった。会場はしんと静まりかえり、ようやく彼女は弾きはじめた。シューベルトの亡霊はその前奏を祝福したかもしれないが、立ち上がった三つの音は、やさしく下がっていき、さらに下がって、やがて解決される分散和音は別人の手になる曲だった。背後で脈打つ、静かに繰り返される音には、ベルリオーズを思わせるところがあったかもしれないが、どうだろう？　マーラーの歌曲までもが、沈鬱に運命を受けいれることを通して、ブリテンのこの曲に意識下でなにかをもたらしていたのかもしれない。フィオーナはマークに向かってあやまるそぶりは見せなかった。笑みだけでなく顔全体をこわばらせて、自分の手許を見つめているだけだった。マークはわずか数秒で頭を切り換えなければならなかったが、息を吸ったときには笑みを浮かべていて、その声は艶やかだった。歌詞の二番に差しかかるころには、それがさらに艶やかさを増していた。

　川のほとりの草原に、恋人とわたしは立っていた。
　もたれかかるわたしの肩に、彼女は雪のように白い手を置いた。
　楽に生きてほしいと彼女は言った、堰の上に生えている草みたいに。
　けれども、わたしは若くて愚かだった。そして、いま、涙にくれている。

むかしから寛容な聴衆ではあったが、立って拍手する《スタンディング・オベーション》ことはめったになかった。それは、歓声や口笛と同様に、ポップスのコンサートで行なわれることだった。だが、いま、彼らは一斉に立ち上がり、わずかにためらったのは裁判所の長老の一部だけだった。若い聴衆のなかには熱狂して大声で叫んだり、口笛を吹いたりする者もいた。しかし、その讃辞を受け取ったのはマーク・バーナーひとりだけで、彼は片手をピアノの上に置き、笑みを浮かべてうなずきながら、ステージを足早に横切っていくピアニストを心配そうに見守っていた。彼女は足下から目を上げずに、階段を下り、待機している弦楽四重奏団のメンバーを押しのけて、出口に向かった。彼女はめったにない強烈な経験に気圧されたのだろう、というのが多くの人々の受け取り方で、評議員やその友人たちはそれに好感を抱いて、彼女が前を通ったときにいちだんと強く拍手した。

彼女はコートを見つけると、土砂降りの雨も気にかけずに、ハイヒールでできるかぎりの早足でフラットに戻った。居間には、何本かのロウソクがうっかり灯したままになっていた。コートを着たまま、髪が頭にぴったりと張りつき、水滴が首筋から背中にしたたるのを感じながら、彼女はその場に立ち尽くし、ひとりの女性の名前を思い出そうとした。最後に彼女のことを考えてから、すでにあまりにも多くのことが起こっていた。顔が浮かび、声が聞こえ、それから思い出した。マリーナ・グリーン。フィオーナはバッグから携帯を取り出して、電話をかけた。しかし、通常の時間外に電話したことをあやまって、短時間話しただけだった。背後で泣き叫ぶ幼児の声が聞こえ、その若い女性は疲れているような、うるさがっているような声だったからである。そうです、たしかにそのとおりです。四週間前でした。彼女は知っているいくつかの事実を伝え、フィオーナに伝えられてなかったことに驚いた。

フィオーナはおなじ場所に立ったままだった。目は、これという理由もなしに、夫が用意した食べ物の皿に釘付けになり、頭はさいわいにも空っぽだった。たったいま演奏したばかりの音楽が、いつものように、頭のなかに響いてはいなかった。コンサートのことは忘れていた。考えないということが神経学的に可能なのだとすれば、彼女はなにも考えていなかった。何分かが過ぎた。何分経ったのか、見当もつかなかった。音がしたので、振り返った。火が最後のひとあがきをして、火格子から落ちかけていた。彼女はそばに行くと、ひざまずいて、火に勢いを取り戻させようとした。トングを使わずに指で、木切れや石炭をつまんで、赤い残り火の近くに置き、ふいごで三回空気を送ると、松の木っ端が燃え上がり、見ているうちにほかのもっとふとい二本に燃えうつった。彼女はさらに体を近づけて、その小さな炎のショーが、炎が横方向に噴き出して、まわりの黒々とした石炭に襲いかかる光景が、視界いっぱいにひろがるようにした。

しばらくすると、ようやく考えが、ふたつの問いのかたちで浮かんできた。なぜ言ってくれなかったの？　なぜわたしに助けを求めなかったの？　自分の声が答えるのが聞こえるような気がした。〈言ったよ〉。彼女は立ち上がり、腰が痛むのを意識しながらベッドルームへ行って、ベッドサイドのテーブルから詩を取ってきた。そこに六週間入れっぱなしになっていたのである。そのメロドラマチックな調子が、重たい十字架を川に投げこみ、貞淑なキスを受けて、自由を求めようとしたのは悪魔に唆《そその》かされたからだとする清教徒的な仄めかしが、彼女にあらためて読む気を起こさせなかった。キリスト教的な道具立て――十字架、ユダの木、ラッパ――にはどこか湿っぽい、息が詰まるようなところがあった。しかも、彼女は厚化粧の女、虹色に輝く鱗の魚であり、詩人を迷わせ、彼にキスをする油断ならない女なのだった。そう、あのキス。彼女を遠ざけていたのはその罪悪感だった。

彼女はふたたび火のそばにかがみこんで、その詩を目の前のブハラ絨毯の上に置いた。紙片の上端に石炭の粉で汚れた指先の黒い指紋が付いた。彼女はすぐに最後の一行に目をやった――イエスが奇跡的に水面に立ち、魚は悪魔が偽装したもので、詩人は「代償を支払わなければならない」と告げるところだ。

彼女のキスはユダのキスであり、わたしへの裏切りである。
願わくば……

彼女は背後のテーブルの眼鏡に手を伸ばして、体をさらにかがめて顔を近づけ、線を引いて消されたり丸で囲まれたりしている単語を読み取ろうとした。「ナイフ」が消され、「支払わせる」や「彼に」や「咎める」も消されていた。「彼自身」という単語は一度消されて、もとに戻され、それからまた消されていた。「……してはならない」が「……しなければならない」に、「沈む」が「溺れる」に訂正されていた。「願わくば」はごちゃごちゃした上のほうに、丸で囲みもせずに浮かんでいて、矢印で「そして」と入れ替えるように指示されていた。だんだん彼の書き方や筆跡が判読できるようになってきた。それから、わかった。はっきりと読み取れた。選ばれた単語をつなぐ曲がりくねった線があることまで見てとれた。神の子は呪いの言葉を投げつけたのだ。

願わくば、わが十字架を水中に投げ捨てた者は、みずからの手で命を絶たれんことを。

玄関のドアがあく音が聞こえても、彼女は振り向こうとはしなかった。キッチンに向かう途中、居間を通るときにジャックが見たのは、そうやってかがみ込んでいる彼女だった。火の面倒をみているのだろう、と彼は思った。

「よく熾《おこ》しておいてくれよ」と彼は声をかけた。それから、もっと遠くから言った。「きみはすばらしかったよ！　みんな大喜びだった！　じつに感動的だった！」

彼がシャンパンと新しいグラスをふたつ持って戻ってくると、彼女は立ち上がってコートを脱ぎ、それを椅子の背に投げかけて、靴を脱いだが、そのまま部屋のまんなかに立って、待っていた。片方のグラスを渡されて、それを差し出したとき、彼女の顔色の蒼さに彼は気づかなかった。

「その髪。タオルを取ってこようか？」

「そのうち乾くわ」

彼は金属製のストッパーを外して、彼女のグラスを満たし、それから自分にも注いだが、それを置いて、暖炉に歩み寄ると、石炭バケツをすっかり空けて、さらに太い薪を三本、三角錐の形に組んだ。それからステレオのスイッチを入れて、あらためてジャレットをかけた。

彼女はつぶやいた。「ジャック、いまはやめて」

「そうか。今夜の演奏のあとだからね！　ばかだったよ」

コンサートの前にふたりがいた場所に早く戻りたいと思っているのはわかっていたし、彼にすまないとは思った。彼はできるだけのことをしているのだから。まもなく彼はキスをしたがるだろう。彼が戻ってくると、ステレオを切った瞬間から彼女の耳のなかでシューッという音を立てだした静寂のなかで、彼らはグラスを合わせて飲んだ。それから、彼は彼女とマークの演奏について、最後に聴衆が総立ちになったとき自分が誇らしさで涙ぐんだことや、そのあと人々がどんなふうに言っていたかについて話した。

「うまくいったわ」と彼女は言った。「うまくいってほんとうによかった」

彼はとくに音楽的センスがあるわけではなく、興味をもっているのはジャズとブルースだけだったが、それでもコンサートについてもっともらしいことを言い、個々の演奏曲目も覚えていた。〈夏の夜《レ・ニュイ・デテ》〉は思いがけない発見だった。彼がとくに感動したのは〈入江のほとり（ラメント）〉で、フランス語の歌詞の意味までわかった。マーラーはもう一度聴いてみる必要がある。きわめて豊かな感情の宝庫だという気がするが、一度聴いただけではすんなり入っていけなかった。マークが英語でうたってくれたのはよかった。だれでも世界から逃げだしたいという思いに駆られることがあるが、それを実行に移す勇気をもつ者は少ない。彼女はまじめに聞いていた。少なくともそういう顔をして、短く相槌をうったり、うなずいたりしていた。病院の入院患者みたいな、親切な見舞客が帰って早くまた病人に戻りたいと思っている入院患者みたいな気分だった。火が燃え上がり、彼女が震えていることに気づいたジャックは、そのそばに連れていって、シャンパンの残りを注いだ。

彼らは長年スクエアに住んでおり、彼はグレイ法曹院の評議員たちを彼女とおなじくらいよく知っていた。彼はその晩出会った人たちのことを話しはじめた。スクエアの住人たちの結びつきは強く、じつに興味深い人たちだったので、深夜の検死解剖はふたりの生活の一部になっており、ときおり返事をつぶやきつづけるのは、彼女にはなんでもないことだった。ジャックは昂揚した状態のままだった。彼女の演奏と、これから待ち受けていると期待しているものによって興奮していたのだろう。彼はほかの人たちといっしょにフリー・スクールを設立しようとしている刑法弁護士の話をした。彼らは〝すべてのこどもは天才だ〟という標語のラテン語訳を必要としていた。最大三語で、スクールブレザーの灰のなかから再生する不死鳥の紋章の下に縫いつけられるようにしたいのだという。なかなか面白い問題だった。天才というのは十八世紀の観念だが、〝こども〟のラテン語訳にはたいてい男女の区別がある。ジャックは〝クイウスク・パルウーリ・インゲニウム〟というのを思いついた——天才というほど強烈ではないが、生まれつきの機知あるいは能力でも悪くないだろう。いざとなれば、〝パルウーリ〟には少女を含めることもできる。それから、十一から十六歳までのいろんなレベルの生徒のために生きたラテン語クラスを創設することに興味はないか、と弁護士が彼に訊いた。大変そうだが、非常に面白そうな話だった。

彼女は無表情に聞いていた。自分のこどもがそんなすてきな徽章をつけることは永遠にないだろう。自分が過度に傷つきやすくなっていることを、彼女はふいに悟った。

彼女は言った。「それはいいことでしょうね」

彼女の口調の平板さに気づいて、彼は別の目で彼女を見なおした。

「なにかあったんだな」

「だいじょうぶよ」

それから、訊くのを忘れていた質問を思い出して、眉をひそめながら言った。「なぜ最後にあんなふうに出ていったんだい？」

彼女はためらった。「耐えられなかったの」

「みんなが総立ちになったときかい？　わたしももうすこしで大泣きするところだったが」

「最後の曲よ」

「マーラーか」

「〈サリーの庭〉よ」

彼は面白がっているような、信じられないと言いたげな顔をした。もう十回以上もマークといっしょにその曲を演奏するのを聴いたことがあったからである。

彼の態度にはちょっぴり焦れったそうなところがあった。すてきな夜の約束を果たしたかったからだろう。彼は結婚生活をもとに戻し、彼女にキスをして、もう一本ボトルをあけ、彼女をベッドに連れていって、もう一度むかしみたいにすべてを気楽にできるようにしたかった。彼女は彼をよく知っていて、そういう彼の思いをすべて見通しており、またもや申しわけないと思ったが、どこか遠くのほうからそう感じている感覚があった。

彼女は言った。「あることを思い出したの。夏のあいだにあったことだけど」

「どんな？」すこしだけ興味がありそうな口調だった。

「ある若者がバイオリンであの曲を弾いてくれたのよ。覚えたばかりだったんだけど。病院でのことだった。わたしはそれに合わせて唄をうたった。けっこうやかましかったと思うわ。それから、彼はもう一度演奏したがったけど、わたしは帰らなきゃならなかった」

ジャックは謎解きをしたい気分ではなかった。彼は苦労して自分の声に苛立ちがにじまないようにした。「もう一度初めから言って。いったいどういうことなんだい？」

「とても不思議で、きれいな若者だった……」ぼんやりとした声が弱くなって、消えていった。

「それで？」

「わたしは休廷を宣言して、病床の彼に会いにいったのよ。覚えているでしょう？　エホバの証人の信者で、とてもひどい病気なのに輸血を拒否していたの。新聞にも出たわ」

あらためて思い出させる必要があったのは、その時期には彼はメラニーのベッドルームに居着いていたからだった。そうでなければ、彼らはその件について議論していたはずだった。

彼はしっかりした口調で言った。「覚えていると思う」

「わたしは病院に治療を行なう許可を与えて、彼は快復した。その判決が……それが彼に影響を与えたの」

彼らは前とおなじように、いまや激しい熱を放っている暖炉の両側に立っていた。彼女はその炎を覗きこんだ。「たぶん……たぶん、彼はわたしに対して強い感情をもっていたんだと思う」

ジャックは空のグラスを置いた。「つづけて」

「わたしが巡回裁判に出たとき、彼はニューカッスルまで追いかけてきた。そして、わたしは……」そこで起こったことを打ち明けるつもりはなかったのだが、ふと気が変わった。いまさら何を隠しても意味がないだろう。「彼は雨のなかをわたしに会いに来た。そして……わたしはとてもばかなことをした。あの邸宅で。何を考えていたのか、自分でもわからないんだけど……。わたしは彼にキスした。彼にキスをしたの」

彼は一歩後ずさりした。暖炉からか、彼女からか。どちらだろうと、彼女はもはやかまわなかった。

彼女はつぶやいた。「とてもかわいい子だった。彼はわたしたちの家へ来て、いっしょに住みたがっていた」

「わたしたちと？」

ジャック・メイは七〇年代に、当時のさまざまな思想に取り囲まれて大人になり、成人してからはずっと大学で教えてきた。だから、二重規範の不合理についてはよく知っていた。だが、知っていたからといって、傷つかずにいられるものではなかった。彼の顔が怒りでこわばるのがわかった。顎の筋肉に力が入り、目が険しくなった。

「あの子はわたしが彼の生活を変えられると思っていた。たぶん、わたしを導師《グル》みたいなものにしたかったんだと思う。彼はわたしが……。彼はとても真剣で、人生に対して、すべてに対してとても貪欲だった。わたしは……」

「で、きみは彼にキスをして、彼はきみといっしょに暮らしたがったんだな。きみはわたしに何を言おうとしているんだい？」

「わたしは彼を追い払ったの」彼女はかぶりを振った。しばらくは口をきけなかった。

それから、顔を上げて、ジャックを見た。彼はかなり離れた場所に立っていた。足を開き、腕を組んで、まだハンサムな、人の好さそうな顔を怒りでこわばらせていた。オープンネックのシャツから銀色の胸毛が一房、カールしてはみ出していた。ときおり、彼がそれに櫛を入れるのを見たことがある。世界がそんなディテールに、人間の弱さのそんなささいなポイントに満たされているということに押しつぶされそうになって、彼女は目をそらした。

いまになってから、やんでしまってから、彼らは初めて窓に打ちつけていた雨に気づいた。

いちだんと深まったその静寂のなかで、彼が言った。「それで、何が起こったんだ？　彼はいまどこにいるんだ？」

彼女は単調な声で静かに言った。「今夜、ランシーから聞かされたの。数週間前に白血病が再発して、彼は病院に運びこまれた。そして、病院がしたがった輸血を拒否した。それが彼の意志だった。彼は十八歳で、だれにもどうすることもできなかった。彼は輸血を拒否して、肺に大量の血がたまって、死んだの」

「では、彼は信仰のために死んだんだな」夫の声は冷ややかだった。

彼女は理解できずに彼の顔を見た。そして、自分が言いたかったことがすこしも説明できていないのを悟った。あまりにも多くのことを彼には説明していなかった。

「自殺だったんだと思う」

何秒かのあいだ、ふたりとも口をひらかなかった。広場から人の話し声や笑い声、足音が聞こえた。音楽のイベントが終ったのだろう。

彼がそっと咳払いをした。「きみは彼を愛していたのかい、フィオーナ？」

その質問が彼女を崩壊させた。彼女は恐ろしい声を、押し殺された咆哮を発した。「おお、ジャック、彼はこどもだったのよ！　少年だった、かわいらしい少年だったのよ！」暖炉の横に立って、両腕を力なくわきに垂らしたまま、彼女はついに泣きだした。彼はそれを見守りながら、いつもあんなにも自制的だった妻が、悲嘆の極に達したかのように見えることにショックを受けていた。

彼女はそれ以上口をきけず、泣くのを止めることもできず、それを見られていることにも耐えられなくなった。かがみ込んで靴をひろうと、ストッキングの足で急いで部屋を横切り、廊下を歩いていった。彼から遠ざかるにつれて、彼女はさらに大声で泣きじゃくった。ベッドルームに入ると、後ろ手にピシャリとドアを閉め、明かりも点けずにベッドに倒れこんで、枕に顔を埋めた。

半時間後、目を覚ましたとき、夢のなかでは深い淵から果てしない垂直の梯子をのぼっていたのだが、いつ眠りこんだのか記憶になかった。まだぼんやりしたまま、横向きに寝て、ドアに顔を向けていた。下の縁に沿って、廊下の明かりが細長く洩れているのが心強かった。だが、目の前に浮かぶ情景はそうではなかった。アダムがまた病気になり、体力が弱って愛情に満ちた両親の家に戻っていき、親切な長老たちと会って、信仰へと戻っていく。あるいは、それを完璧な隠れ蓑にして自殺しようとする。〈願わくば、わが十字架を水中に投げ捨てた者は、みずからの手で命を絶たれんことを〉。薄明かりのなかに、集中治療室で見たときの彼の姿が浮かんだ。痩せた蒼白い顔、大きな菫色の目の下の紫色の隈。苔の生えた舌、棒のような腕、あまりにも病状が重く、あまりにも決然と死を覚悟していた。あまりにも魅力と生命力にあふれ、自作の詩のページがベッドからこぼれ落ち、彼女にもうすこしいてほしいと、もう一度あの曲を演奏したいと懇願したが、彼女は法廷に戻らなければならなかった。

その法廷で、その地位の権威と威厳をもって、彼女は死の代わりに、彼の前に待ちかまえている命と愛のすべてを与えた。そして、彼の宗教からの保護も。信仰をなくしたとき、世界はどんなにひらかれた、美しい、恐ろしい場所に見えたことだろう。そう考えているうちに、彼女はもっと深い眠りのなかに滑りこみ、数分後、雨樋の唄とため息に目を覚まされた。雨はいつか止むことがあるのだろうか？　リードマン邸のドライブウェイをひとり歩いてくる姿が目に浮かんだ。暴風雨に抗って前かがみになり、落下する枝の音を聞きながら、暗闇のなかをなんとか進んでくる。前方の邸《やしき》に明かりが見え、わたしがそこにいるのがわかっていたにちがいない。彼は馬小屋のかげで震えていた。彼女に話しかけるチャンスがあるのだろうかと考えながら、すべてを危険にさらして追い求めていた——だが、具体的には何を？　しかも、それを六十に差しかかる女から得られると信じていたなんて。はるかむかしのニューカッスルでの向こう見ずな挿話のほかには、人生でなにひとつ危険にさらしたことのない女から。彼女はうぬぼれてもいいはずだった。そして、心の準備をしておくべきだった。だが、その代わりに、強烈な許しがたい衝動に駆られて、彼にキスをして、追い返した。それから、自分も逃げだしてしまった。そして、彼の手紙に返事を書こうとしなかった。彼の詩のなかの警告を解読しようとしなかった。自分の評判に対するつまらない危惧がいまやどんなに恥ずかしかったことか。彼女の罪にはどんな懲戒委員会の手も届かない。アダムは彼女に期待して来たが、彼女は宗教に代わるなにひとつ、なんの保護もあたえなかった。児童法は明確であり、考慮すべきもっとも重要なことは彼の福祉だったにもかかわらず。これまでどれだけの判決文のどれだけのページを彼女はその一語に捧げてきただろう？　福祉、福利は社会的なものである。どんなこどもも離れ小島ではない。自分の責任は法廷の壁で終わると彼女は考えていた。だが、どうしてそうでありうるだろう？　少年は彼女に会いにきた。彼が求めていたのはだれもが欲しがるものだった。超自然的な存在ではなく、自由に考えることのできる人間だけが与えられるもの。意味。

姿勢を変えると、濡れた冷たい枕が顔に当たっているのを感じた。いまやすっかり目を覚まして、それをわきに押しやり、もうひとつの枕に手を伸ばしたとき、その手が温かい体にふれたので驚いた。自分と並んで、自分の背後に横たわっている体があった。彼女は振り向いた。ジャックが片手で頭を支えながら横になっていた。もう一方の手で、彼は彼女の目の前の髪を押しのけた。それはやさしい仕草だった。廊下から射しこむ明かりでは、彼の顔しか見えなかった。

「きみが眠っているのを見ていたんだ」とだけ彼は言った。

しばらくして、かなり時間が経ってから、彼女はささやいた。「ありがとう」

それから、すべてをすっかり話しても、まだ愛してくれるか、と彼女が訊いた。それは答えようのない質問だった。なぜなら、彼はまだほとんどなにも知らなかったのだから。彼はたぶん彼女の罪悪感は見当違いだと主張しようとするだろう、と彼女は思った。

彼は彼女の肩に手をかけて、引き寄せた。「もちろんだよ」

彼らは薄闇のなかで顔と顔を向かい合わせて横たわっていた。窓の向こうの雨に洗われた大いなる街が穏やかな夜のリズムを取り戻し、ふたりの結婚生活がぎごちなく再開されるなか、彼女は落ち着いた静かな声で語りはじめた。自分の恥辱を、そのかわいい少年の人生への情熱を、彼の死に自分が果たした役割を。

謝辞

本書は、最近まで控訴院に所属していた大いなる英知と機知と人間性を兼備した裁判官、アラン・ウォード卿なしには存在しませんでした。わたしの物語は、一九九〇年に高等法院で彼が審理を担当したある事件、さらに二〇〇〇年の控訴院でのもうひとつの事件をもとにしています。しかし、本書の登場人物、その見解、人となり、彼らが置かれている状況は、そのどちらの事件のどんな当事者とも無関係です。さまざまな法律上の専門的事項や高等法院裁判官の日常について助言をいただいたことに対して、アラン卿に深甚なる謝意を表したいと思います。また、原稿に目を通してコメントをする時間を割いていただいたことにも感謝します。不正確な点はすべてわたしの責任です。

同様に、二〇一二年のジェイムズ・マンビー卿のすばらしい判決文も参考にさせていただきましたが、この場合にも、本書の登場人物は完全なフィクションであり、事件の当事者とはいかなる類似性もありません。

ボドリアン図書館のブルース・バーカー＝ベンフィールド、ダウティ・ストリート・チェンバーズのジェイムズ・ウッドの助言にも感謝の意を表します。法廷弁護士でエホバの証人であるリチャード・ダニエルによる、広範囲をカバーする思慮に富む論文『Managing Without Blood』を読めたことにも感謝しています。そして、またもや、アナリーナ・マカフィー、ティム・ガートン・アッシュ、アレックス・ボウラーにはその綿密な読みこみと貴重な提案に感謝の意を表するしだいです。

イアン・マキューアン

訳者あとがき

フィオーナ・メイは高等法院の裁判官である。

と同時にひとりの生身の女であり、六十歳を間近に控え、忍び寄る老いをはっきりと意識せざるをえない一個の人間でもある。裁判官という仕事がら、表面には表さないようにしているものの、彼女は日々、混乱したさまざまな感情に弄ばれる思春期の少女のような心を隠し持っている。

低く垂れこめる雲に閉ざされた六月のある日曜日。法曹界のエリートだけが住むことを許されるグレイ法曹院の豪華なアパートメントの一室で、フィオーナはすべてを投げ捨ててしまいたい衝動に駆られていた。かたわらには翌日法廷で読み上げる判決文の原稿。今夜中にその最終的なチェックを終えなければならないのだが、つい先ほど、三十五年いっしょに暮らしてきた夫からいきなり爆弾が投げつけられ、どうしても判決文に注意を集中できなかった。初老を迎えてまだ肉体的な衰えを感じさせない夫が、若い女との情事を公認してほしいと言いだしたのである。裁判官としての激務もあって、夫婦はここしばらく愛の営みから遠ざかっていた。それは確かに事実だったが、年老いてそれが不可能になる前に、最後にもう一度エクスタシーを味わいたいから、若い女との関係を認めてくれなどと言いだすなんて……。彼女がとっさに拒否すると、夫は黙って部屋から出ていった。

それでも翌朝、フィオーナは表面は何事もなかったような顔をして、裁判所に出かけていった。高等法院家事部。最近ではなぜか離婚がらみの紛争が多く、フィオーナは、離婚に際しての財産の分配やこどもの養育権争いなどについて、次々に裁定をくだしていく。その週の最大の案件は白血病の少年に関する問題で、エホバの証人の信仰を理由に輸血を拒否する少年に対して、病院側が本人の意志に反して輸血を行なう許可を裁判所に求めてきていた。患者が成人なら、これは問題にはならなかった。たとえそれが死に直結することがあきらかでも、患者には望まない治療を拒否する権利がある。だが、十八歳にわずか三カ月満たない少年の場合にはどうなのか。

一両日中に輸血をはじめなければ、少年の病状はきわめて危険な状態になるという時間的制約の下で、フィオーナは翌日に緊急審理を設定し、即日判断をくだす決意をする。血液専門医の証言、エホバの証人である父親の証言、少年の判断能力に関する弁護士の証言。最終的な判決をくだす前に、きわめて異例なことではあったが、彼女はみずから少年本人に会って話を聞くことにする……。

本書では、高等法院の女性裁判官に降りかかった私生活上の危機と、ひとりの少年の生死を決定する難問の法廷審理が並行するかたちで進行していく。宗教的信条から治療を拒否する少年の意志を尊重して死んでいくことを認めるべきなのか、それとも、本人の意志に反する治療を施して、むりにでも命を救うべきなのか。短いながらも核心を衝く法廷審理の場面は、イギリスの裁判所での審理の雰囲気をありありと伝えている。もちろん、この物語はフィクションであり、フィオーナという人物も作者の想像力の産物ではあるが、法廷の質疑応答を通して展開されるロジックは、モデルになっている実際の裁判でのそれを忠実に再現しており、読者はあらためてこの難問について考えずにはいられない。

フィオーナによる判決で少年は救われたのだろうか。複雑微妙な問題をみごとに裁断する判決で事件は解決したかに見えるが、物語はそれだけでは終わらない。判決後数週間経ってから、彼女のもとに一通の手紙が送られてくる。裁判官という職務を超えて、ひとりの人間としてのフィオーナに訴えかける声。フィオーナがそれに対してどんな反応を示したかについてはここではあえてふれないが、事態はやがて思いもしなかった出来事へと結びつき、彼女がそれとは知らないうちに、悲劇的な結末を迎えることになる。もしもそんな結末が予測できたとすれば、彼女にはなにかできることがあったのだろうか。

高等法院の裁判官という地位にまで上りつめたフィオーナは、自分の職業的野心を達成したと言えるだろうが、そのために支払った代償は小さいものではなく、法廷では常に冷静かつ理性的な判断をくだす彼女も、私的な領域ではときには理不尽な衝動に突き動かされる弱さを抱えている。魔が差したとでも言うしかない一瞬のためらいや振る舞いが人生を決定的に変えてしまうことがあるというのは、マキューアンの小説ではお馴染みだが、本書にもそういう瞬間があり、ぼくたちははらはらしながら成り行きを見守ることになる。人が生きるに値する人生を生きていると信じるために必要なのは、ほんの小さなことなのかもしれない。
　無駄を削ぎ落とした簡潔な文体をもつ作家として知られるマキューアンは、長い小説よりむしろ短い作品で本領を発揮するとも言われるが、最近のインタヴューのなかで、作家本人もこれからは比較的短めの作品（中篇小説）が多くなると思うと発言している。また、一九七六年以降書いていない短篇小説を書くこともあるかもしれないという。

二〇一五年十月

村松　潔

The Children Act

Ian McEwan

未成年《みせいねん》

著 者

イアン・マキューアン

訳 者

村松 潔

発 行

2015 年 11 月 25 日

発行者 佐藤隆信

発行所 株式会社新潮社

〒162-8711 東京都新宿区矢来町 71

電話 編集部 03-3266-5411

読者係 03-3266-5111

http://www.shinchosha.co.jp

印刷所

株式会社精興社

製本所

大口製本印刷株式会社

乱丁・落丁本は、ご面倒ですが小社読者係宛お送り下さい。

送料小社負担にてお取替えいたします。

価格はカバーに表示してあります。

ISBN978-4-10-590122-6 C0397

CREST BOOKS

Shinchosha